新編、亞森・羅蘋

Arsène Lupin

之1 巨盜vs.名探

莫理斯・盧布朗 Maurice Leblanc 著
丁朝陽 譯

目錄
contents

新編 亞森·羅蘋

Arsène Lupin

序

史上最迷人的神偷大盜

朱墨菲

對所有喜愛犯罪推理的小說迷來說，書中那個擁有過人智慧、總是能一語道破案情關鍵的大偵探，無疑是全書的靈魂人物。

細數大眾耳熟能詳、鼎鼎有名的幾個大偵探，除了柯南・道爾所著《福爾摩斯探案全集》中的夏洛克・福爾摩斯；艾嘉莎・克莉斯蒂系列作品中的白羅和瑪波小姐，以及日本人氣推理動漫《名偵探柯南》外；名氣最大的莫過於法國名作家莫理斯・盧布朗所塑造出來的亞森・羅蘋這個角色了！

莫理斯・盧布朗甫一發表《亞森・羅蘋》就造成了極大的轟動，在全球掀起熱潮，百年來歷久不衰，原因就在於主角亞森・羅蘋行事風格的特立獨行，他頭腦聰慧、心思縝密、風流倜儻、家財萬貫，作風亦正亦邪，而他巧妙百變的身分更是令人目不暇給，無法捉摸，他最擅長的就是化妝術，什麼汽車司機、伯爵親王、走方郎中，這一刻，他是風度翩翩的王公貴族；下一秒，他可能成為出神入化的藝術大盜，每一次的變身都是撲朔迷離，難以預測，也許現在坐在你身邊的那個紳士，就是亞森・羅蘋呢?!正是他的多變造型，令讀者情不自禁地深陷在他的魅力之中。

羅蘋雖然行事離經叛道，但他盜亦有道，替小老百姓伸張正義，在所有的系列故事中，他真正犯案進行盜竊的只有九部！因此人們給他冠上「俠盜」、「怪盜」、「怪盜紳士」等雅號，堪稱史上最有名的世紀大盜。他的劫富濟貧，除了是因為同情下層人民的疾苦，亦是反映了當時社會貧富階級的巨大差異，與許多居上位者為富不仁、道貌岸然的醜陋面貌。

與正經八百、不苟言笑的福爾摩斯不同，流著法國浪漫血統的他，每一次的冒險總有紅粉知己相伴，不論是美國富豪之女、俄國流亡貴族、議員遺孀、女秘書、黑手黨情婦、夜總會中的舞女，每一次歷險都是一次戀愛的開始，也增添了他多情迷人的形象。

羅蘋作案手法高明，既紳士又幽默，既狡猾又機靈，無論是精彩絕倫的鬥智較勁，還是曲折離奇的懸疑情節，都讓喜愛推理小說的亞森迷大呼過癮，更難得的是他面對困境時的從容不迫，在千鈞一髮時靠冷靜思考脫離險境的技巧，每每令讀者驚嘆連連、拍案叫絕！

正因為亞森・羅蘋躍然於紙上的鮮活形象，使他不僅成為西洋偵探小說的雅盜典型，更啟發了無數名家的創作，好比我們就可以從古龍筆下的「盜帥」楚留香的身上一窺羅蘋的影子；或是從日本推理小說之父江戶川亂步創作的《怪人二十面相》、加藤一彥的《魯邦三世》和青山剛昌的《名偵探柯南》等書中找到亞森・羅蘋的原型。當初古龍的《楚留香傳奇》小說及改編的影視紅遍華人世界之時，評論家們大多認為楚留香的人設，來自其時風靡歐美的「〇〇七」情報員龐德；其實，稍一細看，便會發現：楚留香的形、象、行徑，主要是取材自亞森・羅蘋。

回顧偵探小說的創始者，首推美國的詩人兼小說家愛倫坡（Allan Poe），在他所寫的驚悚小說裡，將杜賓刻畫成一個精於辨明暗記，善於做心理分析和解剖疑難的人物，愛倫坡也被譽為「偵探推理小說之父」；而將偵探小說發揚光大的，便是英國的柯南・道爾（Conan Doyle）和法國的莫理斯・盧布朗（Maurice Leblanc）了。

盧布朗生於法國巴黎市郊的盧昂，一生共創作了二十部長篇小說和五十篇以上的短篇小說，並曾獲法國政府小說寫作勛章。他從小就立志要走文學之路，高中畢業後，父親要他接手梳毛機的工廠，但他對此毫無興趣，整日躲在廁所裡創作。之後赴巴黎遊學，也未依照父親的希望攻讀法律，卻在報社及出版社工作。一八八七年，他出版了第一本長篇小說《女人》，一九〇〇年成為一名新聞記者。

一九〇三年，盧布朗應發行雜誌《我什麼都知道》的朋友皮耶・拉飛特之邀，請他撰寫偵探小說，向來只寫純文學作品的盧布朗起先並不願意，但因拉飛特再三懇求，於是嘗試創作偵探小說，刊載的第一篇作品就是〈亞森・羅蘋被捕〉，立即造成轟動，引起廣大迴響。「怪盜亞森・羅蘋」這個人物更使他一夕成名，成為揚名全世界的作家。

至一九三四年為止，盧布朗總共寫下超過近三十部「亞森・羅蘋」的系列小說（包含短篇小說集），最知名的有《俠盜亞森・羅蘋》、《怪盜與名偵探》、《八・一・三之謎》、《虎牙》、《消失的王冠》、《水晶瓶塞》、《棺材島之謎》、《金三角》、《八大奇案》、《魔女與羅蘋》、《兩種微笑的女人》、《神探維克多》等等，其中被改編成電影或翻拍成影集的更是不勝枚舉，代表了人們至今仍對他的俠義精神與幽默童心喜好不減。

有鑑於此，本公司特別精選了「亞森・羅蘋」系列中最經典亦最具代表的五個故事以饗讀者，包括《巨盜 vs. 名探》、《八大懸案》、《七心紙牌》、《奇案密碼》、《怪客軼事》，不論是看過或沒看過「亞森・羅蘋」的讀者，只要翻看本系列，都可以一起徜徉在亞森・羅蘋的奇幻冒險世界裡。

一　傲慢千金

九月裡的某天中午，太陽照在一間廣大的屋子裡，把屋內的一切都變成了金黃色，這裡正是夏木拉司公爵的宅第。

在一扇長窗前放著一張書桌，桌邊坐著一個美麗女郎正在寫字，她的容貌有說不出的豔麗，任誰也無法描寫出她的美麗來，只是她的臉上有著無限愁容，好似經受什麼災難的樣子。

她寫著信封，旁邊堆著一疊請柬和一張名單，她每寫好一張信封，便把一張請帖插入信封內，工作十分忙碌。

那請柬上印著幾行字，上寫：

小女歐曼即日與夏木拉司公爵完婚

敬請光臨不勝榮幸　高來麥汀謹啟

這時，窗外一片廣場上，有幾個女郎在打網球，忽然外面有人喊道：

「沙妮亞，沙妮亞。」

室內那個女郎手裡不停寫著，一面應道：

「什麼事？歐曼小姐。」

外面又呼道：「請拿茶來。」

於是沙妮亞停了筆，走到一只大火爐邊按了按鈴，接著僕人進來，女郎道：

「亞夫勒！你替我去拿茶來。」

僕人道：「幾杯？」

女郎道：「四杯，若是你的主人已回來的話，那麼需要五杯。」

僕人道：「主人到雷納用膳去了，一時怕不會回來。」

沙妮亞又道：「那麼公爵乘馬出去，也還沒回來嗎？」

亞夫勒道：「沒有呀！」說完轉身想走，沙妮亞叫住他：

「且慢，等會兒你們就要到巴黎去了，你都預備妥了嗎？」

亞夫勒道：「都準備好了，只有那些女傭們直到現在還沒有整理完畢。」

女郎道：「那你去吩咐她們趕快料理，一面你立刻弄茶來。」

「沙妮亞，信封寫完了沒有？」

接著，走進一個女郎來，腋下挾著網球拍，她的面貌略遜於沙妮亞，並且流露著藐視一切的目光，極不像沙妮亞一般地有著和善的顏色，她就是大富翁高來麥汀的女兒歐曼小姐。

後面又進來兩個女郎，一個臉色微黑，身材瘦長，叫做甬賽加梯；一個身材肥短，面貌也十分平庸，名叫茉莉蒲里亞。

三人進了門，走到書桌旁，茉莉蒲里亞指著那些信封道：

「這裡面都是請柬嗎？」

歐曼拿起名單來，道：「是的，不過還太少，你瞧！只有點到V字！」

茉莉把信封逐一看了一遍，笑道：「到底歐曼交際廣，你瞧，福保聖奇曼的爵爺和夫人都被她請來了。」

甬賽道：「我看這還不能算得交際廣闊。」

歐曼道：「你別小看了，我那未婚的表妹達來耳夫人前天特地為我在她家舉行一場宴會，有許多巴黎的名人還是她介紹給我的呢！」

甬賽道：「將來你做了夏木拉司公爵夫人，高貴的朋友當然比現在更多了，像我們這種下賤的朋友，恐怕不會理會了吧！」

歐曼聽了，也不去理會她，只對沙妮亞道：

「有一張請柬，你可不能忘記，是大學街三十三號佛來克里司家。」

沙妮亞立刻取了一個白信封，邊說邊寫道：

「佛來克里司，三十三號大學街……」

歐曼忙道：「且慢，讓我想一想，這家應該畫一個十字，還是畫兩個，或者是三個。」

茉莉和甬賽道：「怎樣叫畫一個二個或三個呢？」

歐曼道：「這個自然有其道理，一個十字是單請他來觀禮的，兩個十字是觀了禮還得坐筵的，三個十字是除了觀禮飲酒之外，還得在證婚書上簽名的，你替我想一想，這佛來克里司公爵夫人應該寫幾個十字？」

甬賽道：「你說的那位公爵夫人，我們從未會面過呀！」

歐曼道：「我和她也不太熟，不過我未婚夫的母親和她卻是莫逆之交，所以我必須請她來。」

甬賽道：「那麼她是一個長輩，當然可以畫三個十字。」

歐曼道：「我先問過未婚夫埃克再說吧！」

這時僕人亞夫勒已拿了茶進來，放在一張小桌上，歐曼在室內來回踱著步，一眼瞥見揚琴上一個小銀像，連連嚷道：

「真奇怪！這銀像本來是放在那邊箱上的，現在怎麼會到這裡來了呢？亞夫勒，我們在花園裡的時候，你進來過沒有？」

亞夫勒答道：「沒有。」

歐曼道：「你可曾聽到有誰來過？」

亞夫勒道：「我在廚房裡很久，沒有聽到有人走進客廳裡來。」

眾人聽了，都覺得十分奇怪，一致注視著這個銀像。

亞夫勒把銀像放回原處，走出去了，沙妮亞倒了幾杯茶，大家便討論起結婚的話題來。歐曼問沙妮亞道：

「巴黎別墅裡，父親來電話沒有？」

沙妮亞道：「沒有。」

歐曼驚訝道：「咦，難道今日沒有人送禮來嗎？」

沙妮亞道：「今天是星期日，商店大半都休息，難道人家要為了你的結婚禮物，連星期日都不休假嗎？」

甬賽道：「你那帥氣的公爵，可能和我們見上一面？」

歐曼道：「他剛才和特布尹兄弟騎馬出遊去了，大約在四點半時回來。」

茉莉驚道：「公爵和特布尹兄弟幾時出去的？」

歐曼道：「今天午後。」

茉莉道：「這可奇怪了，今天早上，我哥哥到特布尹家中，已和他倆乘車去遊玩了，須到晚上才能回來，怎麼還能和公爵去遊玩呢？」

歐曼聽說，立刻面露愁容，質疑地道：「但公爵親口對我這麼說的，難道他騙我不成？」

甬賽道：「倘若換了我，必定問他個仔細，須知那些公爵侯爵們，一個個都是說謊專家，你以後嫁了他，還得格外注意些才是。」

歐曼紅了臉道：「多謝你的忠告，可是埃克這個人，我素來很信任他的。」

甬賽道：「那自然很好，將來你倆結婚之後，夫婦間若也能守著一個信字，那就更好了。」

正說時，電話來了，歐曼忙走過去，拿起聽筒來問道：「哪一位？宛克杜嗎？有人送來禮物，是什麼東西？喔，又是一把裁紙刀，一個路易十六的墨水瓶，是誰的禮物？明白了，是羅達而夫伯爵和會羅蘭男爵送來的禮物。」

這時她聽了一會兒，又露出驕傲的神氣對眾人道：

「你們聽著，還有幾件貴重的禮物呢！」說完又對聽筒答話道：「喔，一串稀世的珍珠項鍊，珍珠都很圓大，是誰送的？是我父親的朋友送的嗎？好極了，宛克杜，你替我謹慎放好，最好放在保險箱裡更穩妥些，那麼我們明天再會吧！」

說完掛上聽筒，走過來說道：「我父親的許多朋友都送了貴重的禮物給我，怎不使我萬分感激呢！」

茉莉插口道：「我今天得到一個消息，達來耳夫人的公子達來耳齊爾男爵正和一個人互相決鬥，現在夫人正焦急得很呢！」

沙妮亞急問道：「和誰決鬥？」

茉莉道：「這倒不很清楚，方才是夫人接到了一封信，才知道他兒子正和人在決鬥。」

歐曼道：「不要緊，達來耳齊爾是一個有名的劍術家，全歐洲怕未必有人是他的對手。」

沙妮亞聽說，現出惶恐的神情道：「達來耳齊爾不是你未婚夫的好友嗎？」

歐曼道：「不但是室友，還有親戚的關係呢，我和埃克相識，也是他介紹的，後來我才和埃克產生了愛情。」

茉莉問道：「你和埃克什麼時候認識的？」

歐曼道：「就在這所宅第中，如今仔細想來，這也是機緣湊巧才有這個結果的，倘若我的父親不喜好古董，也不會買這幢屋子；而埃克的父親要是不死，也不會出售這棟房屋，自己再到南極探險去，再加上我父親患了風溼症，才使我在一個月內做了夏木拉司公爵夫人。」

甬賽道：「你的婚姻怎會和你父親的風溼症有關呢？」

歐曼道：「我且慢慢告訴你，我父親患病之後，因巴黎別墅相當潮溼，不很合意，所以要找一個適宜養病的地方，這事恰巧被埃克知道了，他便很慷慨地把這所宅第讓給我父親居住。說也奇怪，我父親一住到這棟屋子，不久病便痊癒了，因此便買下了這幢樓房。我父親在這裡休養，一方面我卻墜入情網，和埃克談起了戀愛，愛情的熱度與日俱增，直到白熱化，最後二人互訂終身。」

茉莉道：「那時你還是個十六歲的姑娘呀！」

歐曼道：「那時我雖只有十六歲，但早已了解兩性的愛了，加上他頂著公爵的頭銜，公爵夫人這頭銜人人豔羨，所以我才有了嫁給他的意願，不多時，埃克立志要到南極去探險，那時我父親認為我們年紀還小，不必急於結婚，我也不便忤逆他的意思，所以任他千山萬水的四處遊歷，倘若他一日不歸，我也守身一日，於是雙雙握別，我只有默禱他一路平安而已，不料他此去一別三年，竟毫無音信，怎不叫我焦急呢?!」

茉莉插口道：「如今你心上人無恙歸來，當然快樂到極點了。」

歐曼道：「我所以不能和他早日相逢，這也是命運之故，埃克在中途突然生了病，趕到曼達尾迪去醫病，病癒之後，又繼續南進，在那冰天雪地裡出生入死，害得我苦無信息，沒一夜安眠。」

沙妮亞道：「我想你那時一定茶不思飯不想地折磨著身子。」

歐曼搖搖頭道：「那時的事情不提也罷，如今我那親愛的人兒平安回來，我是多麼幸福呀！」

沙妮亞道：「你能這樣為他守身如玉，所以上帝也保佑你，使你倆圓滿完婚。」

茉莉取笑道：「虧得公爵無恙生還，否則她也要守節不住了，須知她又覓得了一個心上人呢。」

甬賽道：「不過這人是個男爵，及不上公爵的頭銜那麼尊貴。」

沙妮亞道：「你們別亂講，須知誣衊一個守貞的閨女是要不得的。」

甬賽道：「這是千真萬確的事，這位歐曼小姐自她丈夫離家後，整整苦守了七年，完全沒有公爵的音訊，於是又故態復萌，一縷情絲牽上了達來耳齊爾男爵，倘公爵至今不歸，她也將轉移目標，只是那人身分不及公爵罷了。」

歐曼笑道：「你們別取笑我，倘若公爵真的不歸，那麼近親只有達來耳齊爾一個，公爵這頭銜也會歸他承襲，那時我不仍是公爵夫人嗎？」

甬賽道：「的確，你的設想很周到，親愛的歐曼！我現在要去會格洛司雄伯爵夫人了，這伯爵夫人你可認識嗎？」說時，露出驕傲的神氣。

歐曼道：「我曾聽過她的大名，她的丈夫在沒有伯爵頭銜的時候，我父親曾和他結交過，那麼再會吧，明天我們巴黎再見。」

於是甬賽和莫莉各自穿上外衣，逕自出門去了，歐曼跟過去關上了門，轉身和沙妮亞道：「這兩個碎嘴丫頭，看了真討厭。」

沙妮亞敦厚地道：「不過她們沒有魯莽的舉動，還好啦！」

歐曼道：「還好？你瞧！她們不是當著我的面嘲笑我嗎？」說時，走到一座大穿衣鏡前，不停地照著她的倩影，自以為姿態動人，臉上更形傲慢了。

二　連番怪事

這時沙妮亞仍回到書桌旁，繼續著她的工作。

歐曼卻獨自在廳上東動西動著，有時整理箱上的古玩，又走到書架上抽了一本雜誌，躺在椅子裡翻了三分鐘，忽然又把它丟下，踱到壁間去看那些掛著的名畫，又走到沙妮亞旁邊問些無關緊要的問題，老是糾纏不清，沙妮亞只得耐心地一一答覆，最後問起她到達來耳夫人那邊去，應該穿什麼顏色的衣服。

沙妮亞一面工作著，一面回答道：「穿深紅色的當然比別的顏色格外美麗些。」

一連問答了五六次，忽然室門開啟，亞夫勒站在門口問道：「小姐，外面有兩位客人要見你。」

歐曼道：「可是特布尹兄弟？」

亞夫勒道：「他們不肯報上名來。」

歐曼道：「他倆的年紀是有上下的嗎？」僕人應是，歐曼道：「哪一定是特布尹兄弟了，快請他們進來。」

亞夫勒道：「知道了，可有什麼話吩咐那邊的女管家宛克杜嗎？」

歐曼道：「沒有，你就要到巴黎去了嗎？」

亞夫勒道：「是的，我們搭七點鐘的火車去，明天早上九點鐘才會到，到了那邊，還得立刻動手整理，等待主人和小姐到來。」

歐曼道：「你們預備妥當了嗎？」

亞夫勒道：「都預備好了，東西已載往火車站了。」

歐曼道：「那麼你快去請特布尹兄弟倆進來。」

亞夫勒答應著出去了。歐曼坐在一張面對窗口擺放的椅子裡，一手支著下巴，無意中對窗口一瞧，忽然驚呼起來。

沙妮亞急忙問道：「什麼事這麼驚慌？」

歐曼指著一扇窗道：「你瞧，這窗子好端端地，怎會沒了玻璃，在我看來，好像是被人卸下的呢！」

沙妮亞隨著她指的方向望去，果然見一扇窗子沒有玻璃，於是道：「不錯，這是像被人卸下的。」

歐曼道：「你以前可瞧見這玻璃？」

沙妮亞道：「倒是沒注意，也許這玻璃掉在外面草地上了。」

正說時，大門開了，兩人向外面一望，見有兩個男子走進來，一個身材矮胖，目光炯炯，約有五十多歲；一個是少年，身材瘦長，面貌端正，瞧上去定是一對父子，並且這兩人歐曼從未見過，並不是特布尹兄弟，不出得驚立起來。

他倆笑容可掬地鞠了一躬道：「兩位小姐，現在讓我自我介紹，我叫亞路來，從前是個退伍的軍官，現在是雷納的地主，這個便是犬子。」

當下那少年也過來行了個禮，亞路來接著道：「我們從雷納到這裡，在苟陸田莊吃過午餐來的……」

這時沙妮亞悄悄地對歐曼道：「可要給他們倒茶？」

歐曼道：「不必。」轉身對亞路來道：「不知二位到這裡來有什麼事情？」

那亞路來對歐曼一笑說道：「我們是來拜訪令尊的，剛才你那下人說高來麥汀先生外出去了，所以不得不來打擾小姐，請你原諒。」

說完便一屁股向椅子裡坐了下去，弄得歐曼沒法擺布起來，那少年卻安然地坐在他父親的旁邊，一面搭訕道：「父親，這所別墅多麼堂皇。」

亞路來對四下一瞧道：「果然很富麗，簡直和皇宮一樣。」又對兩個女郎道：「小姐，這所屋子雄偉極了，我真羨慕小姐們的福分。」

亞曼正色道：「請教二位，此來是什麼目的？」

亞路來道：「我們也沒有什麼要緊的事，不過在雷納日報瞧見高來麥汀先生那則賣車的廣告，我那孩子屢次要我買一輛汽車，因此來拜訪令尊的，你們府上不是有一輛六十匹馬力的汽車嗎？」

歐曼道：「是有的，不過這輛汽車是我父親自己乘坐的。」

亞路來道：「那麼門口停著的那輛是要賣的嗎？」

歐曼道：「不是，那輛不過三四十匹馬力，是我出門坐的，我父親要賣的是一輛一百匹馬力的汽車。」說時，回頭對沙妮亞道：「那汽車照片大概在這裡。」

於是兩人走到靠窗的一張桌子前，在一堆紙張裡翻尋著。

那少年一眼瞥見了箱上的銀像，便趁兩女郎不備，快速取到手，塞在衣袋裡，亞路來雖然眼睛瞧著兩個女郎，但少年動手的時候恰巧被他瞧見，不禁罵道：

「畜生，快放在原處。」

那少年怒容滿面地表示不願意，亞路來又低聲罵道：「不要臉的東西，還不放回原處。」

於是那少年很不情願地把銀像放回箱上。

這時兩個女郎已找出相片，亞路來取出一副眼鏡夾在鼻尖，拿著照片瞧道：「不錯，這輛汽車很合我意，請問要多少費用？」

歐曼道：「價格須由我父親做主，他老人家剛往雷納去了，不久便將回來，你可以和他接洽。」

亞路來便道：「那好，我們暫且告辭，等一會兒再來吧，打擾兩位小姐，對不起得很，再見。」

說完便雙雙鞠了一躬，和少年慢慢地走出去了。

歐曼皺眉道：「今天有兩件事很奇怪，就是窗上那塊玻璃怎會不見，還有公爵出去時，曾對我說在四點半至五點鐘一定回來，到現在怎麼還沒有回來呢！」

沙妮亞道：「還有那特布尹兄弟倆也沒有來，大概還不到五點鐘吧！」

歐曼用吆喝下人的口氣對沙妮亞道：「我叫你繕寫信封，怎麼老是和我搭話，浪費不少時間，不是可惜嗎？」

沙妮亞道：「那些信封，我快要寫完了。」

歐曼喝斥道：「那麼你索性去寫完了，不是更好嗎？」

沙妮亞默默地走到書桌邊去了。

歐曼卻憤然坐在椅子裡自語道：「現在已是四點五十分了，怎的還不見公爵來，難道他今天要破例失約了嗎？」說完又走到窗邊去眺望。

這爵邸本是築在高地上的，從窗口可以望到三里以外的事物，這時路上杳無人跡，沙妮亞一邊寫著信封一面說道：「公爵也許到達來耳齊爾男爵家去了，不過我從旁看來，男爵和他近來似乎不睦。」

歐曼道：「也許是的，那天我在男爵邸第中，親眼看到他倆發生口角。」

沙妮亞訝異道：「你見他們倆爭執嗎？那麼他倆有沒有握手？」

歐曼道：「沒有，臨別時兩人都只彎了彎腰，神情十分冷淡。」

沙妮亞吃驚地道：「唉！這麼看來，今天公爵出門，難保不和男爵決鬥了。」

歐曼道：「你怎麼知道？」

沙妮亞道：「從各方面看來，我以為是這樣的，你不見公爵今天早上的神情和平日不一樣嗎？」

歐曼聞言道：「你的猜測很近情理。」

沙妮亞擔心地道：「這是很可怕的，公爵到現在還沒回來，恐怕有什麼意外了吧？」

歐曼驕傲地道：「那是一件美事，公爵是為了我和他決鬥的，哦，不錯，是為我而決鬥的。」

沙妮亞卻呆呆地一動也不敢動，差不多連呼吸也要停止了，那歐曼卻得意地在廳上狂走著，一會兒又走到大鏡前拍手大笑。

沙妮亞發愁道：「他和歐洲第一劍術家決鬥，怎會不發生意外呢！」說完兩手掩面走到窗前，向外面眺望著，不一會兒歡呼道：「歐曼小姐娘！快來，快來看。」

歐曼忙走過來問道：「瞧什麼？」

沙妮亞道：「你瞧，那邊不是有個人騎著快馬向這裡來嗎？」

歐曼道：「有的，他正向這裡馳來。」

沙妮亞道：「那騎馬的便是公爵。」

歐曼道：「你沒看錯？」

沙妮亞道：「怎會看錯，他一定是公爵。」

歐曼笑道：「他臨走時對我說五點鐘回來，果然沒有失約，如期回來了，你看他還得繞過花，經過小溪的橋才進來呢！」

正說時，只見那青年行近溪邊，閃的一跳，已跳過了小溪，翻身下馬進來。

歐曼一見，驚呼起來道：「果然是個英雄，那匹馬也可以算得駿馬了，這坐騎還是我父親買來的呢！」

三　警告信

當下公爵走進大廳，一面取出手表來道：「剛好五點鐘整，沒有遲到。」說時低下頭來，親了親歐曼的手，拉過一張椅子，把歐曼扶入，自己也坐在旁邊。

沙妮亞顫抖地倒一杯茶呈給公爵，一面說道：「你今天在外面和人決鬥嗎？」

公爵奇道：「你怎麼知道？」

沙妮亞正想回答，卻被歐曼搶著道：「這是我聽人說的，我且問你，你和人家決鬥，究竟是什麼目的？」

沙妮亞關切地道：「公爵！你有沒有受傷？」

公爵微笑道：「一點也沒有受傷。」

歐曼高聲道：「沙妮亞，你怎麼不去寫信封！」

沙妮亞聽了，只好悶悶地走向書桌去。

歐曼含笑對公爵道：「埃克！你今天和人決鬥，可是為了我嗎？」

公爵道：「為你又怎樣？」

歐曼道：「並不怎樣，不過照我猜測，這次決鬥定是為了女人。」

公爵道：「那是當然的，那女人除了你還有誰呢？」

歐曼傲慢地道：「我知道你無論什麼事都是為了我，絕不會為沙妮亞的，可不是嗎？」

公爵見她興奮過度，便帶著諷刺的口吻說道：「但是我把這事當作是消遣呀！」

歐曼仍道：「但你太不重視生命了，我問你，這次到底為什麼事情？」

公爵輕描淡寫道：「也沒有特別的事，不過是那天達來耳齊爾偶然冒犯了我，所以我約他決鬥。」

歐曼道：「講了大半天，仍不是為了我。」

公爵又諷刺道：「要是這次是為了你，萬一死了，世人的議論都會說夏木拉司公爵為了一個絕代美人決鬥而死，那不是一段風流史嗎？只可惜這次的比武非但沒有受傷，並且不是為了你，真是辜負你了！」

歐曼並沒有聽出公爵的弦外之音，依然道：「那麼今天達來耳齊爾有沒有受傷？」

公爵笑著道：「他呀，我想他在這六個月裡，恐怕不能起床了。」

歐曼道：「那太對不起他了。」

公爵道：「不，他現在正患著腸炎，我給他六個月的休息時間，不是很好嗎？」

這時沙妮亞寫得更慢了，不時用目光偷瞄公爵，爵爺也常常斜視著她，當四目相對時，沙妮亞的目光急忙轉向別處去，等到公爵瞧向別處去時，沙妮亞又偷窺他了，好在歐曼背對著沙妮亞，這種舉動沒有被她瞧見。

公爵喝完了茶，從衣袋裡取出一只馬洛科皮匣子來，對歐曼道：「我送你一件小東西，不知你喜不喜歡？」

說完，便從匣子裡取出一副珍珠耳環給歐曼，歐曼接過來歡呼道：「果然是一件精巧的飾物！」說時早已取過來，走到書桌邊，炫耀給沙妮亞看，接著又戴在耳朵上，對鏡自照。

其實歐曼戴了這副耳環，也沒有美多少，因她面色棕黑，那兩顆明珠被她的皮膚一映照，反而顯得暗了些。

公爵的眼光多麼尖銳，他見明珠減了色，知道發暗的道理，就偷眼向沙妮亞瞧了瞧道：「這件飾物，須得配在美人身上，才是正理。」

沙妮亞經他一看，不覺得臉頰紅熱起來，當也回報了他一眼。

歐曼獨自在鏡前照看，自以為美麗萬分，但公爵卻已瞧得討厭起來，自管望著書桌的一疊信封道：「這些都是請柬嗎？」

歐曼道：「是的，但還很少，只有到V字哩！」

公爵道：「這麼多還說少，難道要請遍巴黎的人家嗎？」說完，對沙妮亞道：「克律其納小姐，昨天我聽了你的音樂，真佩服得很，簡直和挪威大音樂家格利克氏不相上下，恐怕全巴黎沒有人能比得上你了，今天你可願為我彈奏一曲格利克氏的曲子嗎？」

歐曼插嘴道：「埃克，克律其納小姐現在正在忙，你為什麼要讓她分心呢？」

公爵道：「只要花五分鐘，我便能聽到優美的音樂，一償我的心願呀！」

歐曼道：「這也不錯，不過我有一件重要的事要告訴你。」

公爵道：「我已知道了，可是為前天我和你還有克律其納合照了一張照片，你倆都天仙一般地美麗……」

歐曼不等公爵說完便搶著說道：「不是，不是，照片有什麼重要。」

公爵道：「怎麼不重要，你瞧你倆的神情是多麼的美麗呀！」說時伸手到衣袋裡取出一張照片來。

歐曼道：「沒什麼好瞧的，美醜都是天生的，誰也不能改變呀！」

公爵便拿著，想給沙妮亞看，歐曼大聲道：「你怎麼老是這樣胡鬧，浪費許多時間和她廝混。」

公爵這才鄭重地藏好照片，問道：「那麼你究竟有什麼重要的事要告訴我？」

歐曼道：「我對你說，宛克杜從巴黎打電話來，說又有人送來一把裁紙刀和一個路易十六的墨水瓶。」

公爵忽然大聲說了個「好」字，把兩個女郎嚇了一跳。

歐曼又道：「還有一串價值連城的珍珠項鍊。」

公爵又大聲說了個「好」字。

歐曼撒嬌道：「你怎麼總是這般孩子氣，我對你說了三種禮物，你卻連聲喊兩個好字，難道珍珠項鍊和裁紙刀價值一般無二，所以你喊好也沒分高下嗎？」

公爵笑道：「請原諒，別人送來的禮物，我素來不大注意，並且別人送給你的禮物，總不會低劣的，所以我只有喝幾聲采了。」

歐曼道：「但貴賤總有分別的呀！」

公爵道：「你所有的禮物，貴賤都有，還有什麼不滿，難道你想大家把巴黎城裡的東西都拿來送給你嗎？」

歐曼臉上一紅，斜著眼，隱隱含有怒色，但姿態卻反顯得美麗了，她對公爵道：「你始終改不了老脾氣，又要拿這種話來惹我生氣了。」

公爵笑道：「因為你生氣的時候，容貌非常美麗，所以我常常想激怒你。」

歐曼道：「別這樣輕佻，須得格外莊重些才是，因為你這種身分，不應配上這種行為，老是這樣下去，將來你我免不了有反目的一天。」

公爵道：「我這樣的為人，恐怕整個歐洲沒有第二人再比我莊重了。」

歐曼也不去理會他，自管走到窗口閒看去了。

公爵在室內來回踱著，瞧看那些掛著的名畫，沙妮亞不時偷看著公爵，公爵也用笑眼回答她。

過了一會兒，公爵走到一張舊繡幕前，忽然站住說道：「這掛繡幕的地方，原本掛著我的一張小畫像，是出自名手畫的，如今怎麼沒有了，卻掛著這幅舊繡幕，你們把我那張照片移到哪裡去了？」

沙妮亞道：「公爵真會和我們開玩笑，這件事你怎麼忘記了，歐曼小姐，你看這事他總已知道了吧？」

歐曼道：「怎麼不知道，三年前，我們曾把這事的詳情和幾頁新聞紙一併附給你，你不知道這事嗎？」

公爵道：「三年前，我人正在南極附近，沒有接到什麼信件和新聞紙，這事我無從知道。」

歐曼道：「老實告訴你，你那張畫像被一個賊偷走了，當時這件竊案曾轟動過巴黎全城。」

公爵道：「真笑話了，這裡會有誰來偷東西？」

歐曼道：「我給你看證據。」說完，便走到繡幕前，用手揭開繡幕，只見裡面嵌著的一塊板子上，寫著四個大字：「**亞森・羅蘋**」。

公爵見了，驚訝道：「這就是那竊賊的名字嗎？」

沙妮亞道：「正是，這個人偷別人的東西，總是留下自己的姓名，每次都是這樣。」

公爵道：「那麼這亞森・羅蘋究竟是怎樣的一個人物？」

歐曼訝道：「難道你連他也不知道嗎？」

公爵道：「我不知道。」

歐曼嘲笑道：「這倒奇怪了，一個南極探險家，連亞森・羅蘋也不知道，讓我來告訴你吧！亞森・羅蘋這人，簡直不可捉摸，他的本領也無法形容，總之，他是我們法蘭西的一個著名的巨盜，十年來，他東闖西撞，到處行竊，那些偵探警察們都奈何他不得，甚至連英國大名鼎鼎的偵探家福爾摩斯和甘聶瑪都敗在他手下，如今我國的偵探界中人稱維道格第二的苟及特也不是他的對手，想不到你連這樣的一個名賊也不知道。」

公爵笑道：「我確實不知道，那麼他的面貌是怎樣的？」

歐曼道：「講到他的模樣，變化莫測，膽識也不小，有一次，英國公使館舉行大宴會，他竟大膽赴了兩次晚宴，扮成爵爺的樣子。」

公爵道：「他既已改變了模樣，你們怎知他是亞森・羅蘋呢？」

歐曼道：「這都有事實證明，當宴會的第二日，到了十點鐘，座上忽然少了一個人，同時公使夫人的珠寶首飾一併都不見了。」

公爵道：「真的被他偷去了嗎？」

歐曼道：「當然真的，偷了個精光，他走了之後，還留下名片，上面還有幾行小字哩！」

公爵道：「那真是世間少有的大盜了。」

沙妮亞插嘴道：「他雖然這般下流，但他有時也行著慈善家的工作，公爵可記得特萊貧民銀行一事嗎？」

公爵道：「這事我倒略有耳聞，那銀行主人侵吞了許多貧民的積蓄，將之中飽私囊，那時受害的貧民有兩千多人……」

沙妮亞接著道：「是呀，特萊做下這樁惡事，偏巧運氣不佳，被亞森・羅蘋潛入他家，在他的大金庫裡，把許多金銀拿了個空，第二天，他卻把這些金銀如數分散給那班貧民，自己絲毫不取。」

公爵道：「從這種地方看來，他又不像是一個小偷，簡直是個俠義的大善人了。」

歐曼道：「就是，就是，在草莽之中，本不少這一流的人物呀！」

公爵道：「但我那張畫像並不值什麼錢，不過面貌畫得很生動，是件還不錯的藝術品罷了。」

歐曼道：「他並不單單是偷你的畫像，我父親所有的名畫也都被他偷走了。」

公爵道：「你父親的東西也被他偷去了嗎？但你父親一向防備得很不錯，怎麼也會失竊呢？」

歐曼道：「話雖如此，但亞森・羅蘋的得手，也是由於我父親過於嚴防的關係呀！」

公爵一聽，瞧著牆上的白字，說道：「這事倒也稀奇，不過據我想來，這邸第中恐怕有著他的眼線，否則他不會這樣熟悉的。」

歐曼道：「哦，是的，確是有眼線。」

公爵道：「有嗎？那麼這眼線是誰？」

歐曼道：「就是我父親。」

公爵吃驚道：「這是什麼話，親愛的，你講明白些。」

歐曼道：「你別急，我來講給你聽。有一天早上，我父親接到一封信……」

歐曼便命沙妮亞去把那信取出來，於是沙妮亞站起來走到一只文具箱前，這只大箱放在大廳的另一隅，它的兩旁放著一只東方式的箱櫃，和一只十六世紀的義大利櫃，是英國大製造家吉本臺耳所造的得意作品。

沙妮亞打開箱子，在抽屜中拿出一只書夾，從裡面取出一封信來，拿給公爵，公爵接過來一看，見字跡非常怪，信封上寫著「衣爾哀維來•夏木拉司收藏家高來麥汀收啟」，扯出信紙一看，見上面寫道：

高來麥汀先生：

我和你雖然素未謀面，可是我的賤名，想你也知道的，敝人偶見尊府廳上滿懸著名人的手畫，其中以耿斯卜洛，高司牙和威狄克三幅名畫為最珍貴，敝人也有這個好古癖，所以為之十分心動。我又見你第二廳堂中，有英國攝政時代的箱櫃二只，還有佛萊棉西和佛郎哥那的兩張繡幕，一具瀑弦時鐘，都是近代所少有的。

最可貴的是當年佛郎哥那侯爵邸拍賣時，你購得一頂珏冠，乃是從前蘭白而公主誕生時戴的，足見有歷史的意義，其價值當亦無出其右，就只上面鑲嵌著的寶石，已足價五十萬法郎了，我因為思得此物甚久，深望足下接到這封信之後，慨然割愛，使識者得償宿願，上列各件，請立刻加封送到貝的那火車站，倘君不捨，那麼我當冒昧到府，今先約期在八月七日星期四的那一天，定當到府親自來取。

亞森•羅蘋

還有一件事，必須再告訴你，就是那廳堂掛著的三幅名畫，我見都沒有配鏡框，實在是美中不足，希望那日裝配起來，雖然近世賞鑑家都說名畫配上鏡框，反減損美觀，但我自認是個凡夫俗子，不敢領教賞鑑家的金言，所以仍希望你配上鏡框。

亞森・羅蘋又啟。

公爵看完了信大笑道：「這封信真實在有趣，想你父親讀了這封信，當時也笑個不停哩！」

歐曼到：「哪裡，當時我父親看了這封信，臉色都嚇得變了，還有膽子笑嗎！」

公爵道：「那麼你父親有沒有報警？」

歐曼道：「沒有，報警也無效，因為數年來亞森・羅蘋橫行無忌，小小的一個警署，他也不放在心上，而警署即使知道，也奈何不了他，我父親有個朋友，是雷納的一個步兵參將，當時我父親給他看了那封信，要求他幫助，參將看了那封信，以為很容易，便答應我父親到星期四派一個隊長和七個士兵到邸中來保護，我父親見他答應保護，十分歡喜。到八月七日那天晚上，一到十一點鐘，大家見毫無動靜，便一個個安然入睡了。那隊長也吩咐我們，說如果賊人來時，雙方定有什麼舉動發生，有什麼聲響，你們不必驚慌，所以我們都照常的酣睡，直到天色大亮，我們心想一夜沒有動靜，料無大事，我便喚醒了父親，和沙妮亞立刻披衣下床，來到大廳……」

公爵插嘴道：「結果怎樣了？」

歐曼道：「大廳早已變了模樣，箱櫃、名畫、繡幕等等全都不翼而飛。」

公爵道：「那頂王冠想也遭竊了？」

歐曼道：「總算幸運，那頂王冠我們已送到法蘭西銀行裡保管了，亞森・羅蘋因為拿不到王冠，所以把你的畫像拿了去，因他信裡並沒有提起畫像，所以我猜他是臨時看到才拿的。」

公爵叫道：「那個隊長和士兵那晚在防守些什麼啊？」

歐曼道：「哎，你猜那隊長和士兵是誰?!原來隊長便是亞森・羅蘋，他的同黨扮成七個士兵，誰會料到是他呢！」

公爵想了想道：「這有些不對，既然亞森・羅蘋扮了隊長，那參將所派的隊長和士兵到哪裡去了呢？」

歐曼道：「據說他們所派來的八個人在火車站附近的一家小酒店裡喝酒，離開後，直到第二天早晨七點鐘，才有一個村民在路旁小樹林裡見他們醉倒在地上，旁邊還有一個嚮導躺著，據酒店主人說，昨天傍晚時，有一個人乘汽車到店裡來喝酒，後來那群士兵喝得跟死豬一般，支持不住，這人聲稱願意用自己的車子送他們到公爵邸中去，大概那酒裡下著安眠藥，所以才會醉到這般地步，於是他把這些人送到樹林，丟在那裡。」

公爵道：「這又是亞森・羅蘋的詭計了。」

歐曼道：「我也這樣猜測，事後我父親報告警署，大偵探荀及特聞訊立刻趕到巴黎來，但一點線索也沒有，他一生最恨羅蘋，但總敗在他的手下，他倆無時不在用計謀互相較勁。」

公爵道：「這亞森・羅蘋倒也著實可怕。」

歐曼道：「是呀，這人真不可捉摸，我們在這裡談論著他，說不定他正在這裡呢。」

公爵道：「你說些什麼呀？」

歐曼道：「這並不是說笑，今天大廳已出現異狀，許多東西似乎移了位，好比那銀像本來放在那邊箱櫃上的，可是已被移至洋琴上，還有那扇窗，你瞧，不是少了一塊玻璃嗎？」

公爵道：「不錯，這的確有些詭異。」

歐曼道：「這次和三年前一樣，當時也是出現了許多異常的事，並且遺失不少金銀首飾呢！」

四　心事

公爵沒有搭腔，走去瞧那窗子，又走到窗外草地上看了一會，進來說道：「這玻璃不像是掉下來的，因為外面草地不見有玻璃碎屑，據我看，像是被人卸下來的，我們應該去報告你的父親，把所有的貴重東西盤點一下，看可曾缺了什麼。」

歐曼斷言道：「我早說亞森・羅蘋在這附近呀！」

公爵道：「別多疑了，你們女人家總是這般疑神疑鬼的……」

正說時，忽然門開了，走進一個穿制服的守門人來，說道：「小姐，有客人求見。」

歐曼道：「福銘，是你在守門嗎？」

福銘答道：「是的，他們都去火車站了，這裡只剩我一個人，只得由我守門，今天我也預備和我妻子回家去。小姐！可要見那兩個客人？」

歐曼道：「是誰？」

福銘道：「是兩個很體面的客人，他們說有事要來接洽。」

歐曼道：「他們姓什麼，叫什麼？」

福銘道：「他們的姓名我沒有問，而且我有健忘症，即使來客對我說了，我也會忘記的。」

歐曼想了想道：「該不會是亞路來父子吧，他們說不一會兒就會再來的，且去叫他們進來再說。」

福銘去後，公爵問道：「亞路來是誰？我沒有聽過這個名字呢？」

歐曼道：「誰認識他們呢，剛才亞夫勒通報說有兩個客人求見，起先我以為是特布尹兄弟，後來進來的卻是一對父子，我和他們也素不相識，他們……」

門開了，進來的正是亞路來父子，只見他脫下了遮陽帽，恭恭敬敬地行了一鞠躬，接著他兒子也行了一禮，忽然後面又轉出一個少年來，亞路來用手指著道：「這是敝人的第二個兒子，是開化學鋪的。」

這時少年也過來行了一鞠躬，歐曼道：「十分對不起，我父親到這時還沒有回來，請你們明天再來吧！」

亞路來道：「還沒有回來嗎？那也不礙事，我們在這裡等一會兒也好。」說完便同他的兒子佔了三張椅子坐下。

歐曼沒法打發他們，過了一會兒，道：「亞路來先生，我父親恐怕不會立刻回家，請你們不必久等，徒費這些時光。」

亞路來道：「沒關係，好在我們沒有別的事，等一下也無妨。」又對公爵道：「這位可是小姐的家屬？我們把汽車的事和你接洽，想來也是一樣的。」

公爵道：「他雖是我的親戚，但汽車一事，我卻沒有權利，這得問主人。」

正說時，門又開了，福銘在外面說道：「請進，請進。」

只見一個少年走了進來，亞路來忙起身對那少年道：「勃南德，我叫你在門外等著，你怎麼進來了呢？」

勃南德道：「你們都進來了，為什麼叫我獨自在外面顧車？」

亞路來遂向歐曼道：「小姐，這是敝人的第三個兒子，是在公署中辦公的。」

歐曼躊躇著道：「先生到底有幾位公子，我家房屋狹小，恐怕要容不下了呢！」

這時福銘在外面說道：「小姐，主人回來了。」

歐曼聽了這句話，好似死囚得著了大赦，透過一口氣來，忙對亞路來道：「我父親已經回來，先生可以和他自己去商酌，我想汽車一事，定能使先生很滿意的。」說完便出門而去，亞路來父子也站起來，跟著歐曼走去。

那勃南德卻躊躇著不肯走，目光直射到櫃上陳設的那些古玩上，趁人不備時，迅速地伸手偷拿了兩件東西，不料不小心弄掉桌上放的那疊信封，被公爵瞧見了，便趕過去捉住他，關上門，對勃南德道：「小朋友，這種舉動，不是你這種人幹的。」

勃南德見事跡敗露，一面奮力掙脫公爵的手，一面抵賴道：「沒有……我沒有幹什麼呀！」

公爵喝道：「紙菸匣是誰叫你拿的？」

勃南德耍賴道：「我沒有……我哪有拿紙菸匣？」

公爵見他不肯承認，便伸手從遮陽帽裡拿出一只銀質的紙菸匣來，高舉道：「這是誰的東西？」

勃南德見被他尋獲贓證，急得變了臉色，強辯道：「請原諒，這是我無意中誤拿的。」

公爵不去理會，一手抓了他的領帶，一手從他懷中摸出一只馬洛科皮匣來，恨恨地道：「這個也是無意中誤拿的嗎？」

勃南德急得沒法，只得哀求道：「請先生饒恕我，這事千萬別嚷出來，被別人知道了，可不是玩的。」

沙妮亞見了，道：「怎麼，連這副珍珠耳環也被他偷去了嗎？」

勃南德仍道：「看在上帝的份上，饒了我一次吧！」說時眼淚直流，跪在地上哀求著。

公爵罵道：「小賊！你做了這種不要臉的事，我問你時，你非但不承認，還要竭力抵賴！」

勃南德又哀求道：「饒了我吧，倘若我父親知道了這件事，定要重重懲罰我的，這次你放了我，我絕不會忘記你的大恩，下次我絕不再幹這事了。」

公爵摸了摸脣上的鬍鬚，說道：「既然你承諾不再犯了，我就放過你，但是我告訴你，下次可不能再幹這等事了！」說完一手開門，另一手一推，勃南德被他推到了門外。

勃南德喊了聲「多謝先生。」就飛也似的跑出去了。

公爵關上了門，對沙妮亞道：「幸虧我眼快，否則那副珍珠耳環給他偷了去，不是很可惜嗎？我本想把他送到警察局去……」

沙妮亞道：「不，你放了他，也是一樁好事。」

公爵把馬洛科皮匣放回原位，回過來瞧了瞧沙妮亞的臉色，說道：「你有什麼心事嗎？為什麼你的臉色這般蒼白？」

沙妮亞愁眉苦臉道：「我瞧這少年十分可憐，他只做了一件無恥的事，給人拿住，一生的名譽就這樣毀了。」

公爵呆視著沙妮亞那張美如天仙的面孔，細聲地道：「倒瞧不出你說的話句句都含著慈善家的語氣。」

沙妮亞道：「方才那少年眼中露出惶恐的神情，不得不使人動心。」

公爵又道：「你在這裡不大適應嗎？」

沙妮亞道：「怎麼會？」

公爵道：「我瞧你微笑的時候，總帶著憂愁的目光，平時也脫不了慘澹的神情，誰都瞧得出來你一定有什麼不滿，難道你在世上是一個孤獨的人嗎？」

沙妮亞紅著臉道：「是的，我確實是個孤伶伶的人呀！」

公爵道：「你沒有親戚朋友嗎？」

沙妮亞道：「一個也沒有，我父親是個革命黨人，致力為人類的自由奔走天涯，最後竟流亡到西伯利亞，葬身在冰天雪地之中，連屍骨也無著落，可憐的我生下來便成了無父的孤兒，母親從此成了水上的浮萍，無依無靠，後來退隱到巴黎，在我兩歲那年，她也忍心和我死別，撒手西歸了。」

公爵道：「那麼你這般毫無依靠的漂流著，也不是長久之計呀！」

沙妮亞微笑道：「這倒請你不必擔心，好在我抱定一個宗旨，靠著自己的力量過日子，親戚朋友，我認為都不足依靠的，難道爵爺見我這般孑然一身，故意用言語來諷刺我嗎？」

公爵道：「哪裡？我豈敢諷刺你，我的良心自有上帝知道。」

沙妮亞繼續道：「在我看來，在這個世界上，除了自己的父母之外，沒有任何人是可依靠的，親戚、朋友，不過是平時的點綴罷了，倘若有了危難，即使有親朋好友，也沒有多大的助力……我因此才成了一個達觀的人，把親戚朋友都當作虛偽的來往，只有自己才是真正值得信任的，你別以為我是個弱女子，卻也有哲學思想呢！」

公爵道：「倒瞧不出你也是個哲學家，佩服之至。」

說時，兩人漸漸靠近，四目相對，全身宛如通了電流。

忽然門開了，煞風景的歐曼匆匆地進來，高聲道：「沙妮亞，你又在做什麼了？我命你整理那只文具箱，你可曾做了？」

沙妮亞道：「請原諒，還沒有整理。」

歐曼憤然道：「好了，好了，你本是來作客的，像你這般千金的貴體，哪配做這些雜事呢？讓我自己來整理吧！」

公爵道：「歐曼，你又來了，你到底受了誰的氣，又要這樣來挖苦人家。」

歐曼怒道：「公爵！我的事為什麼你老是要來干涉，現在我不過隨口說了幾句，你又來氣我，此後我連下人也不能罵了。」

公爵正待回答，歐曼已掉轉頭去，指著剛才被勃南德碰掉的信封和請柬，對沙妮亞道：「快把這些東西撿起來，再收拾那裡的文件，事情做完後，再到我的臥房裡去，快點，快點。」

歐曼說完，便急步走出大廳，把門恨恨地關上，沙妮亞眼瞧著歐曼出去，呆呆地立著，過了一會兒，才慢慢地彎下身去，撿拾散落在地上的信封和請柬。

公爵見了，忙道：「我幫你，讓我來。」說完便俯身去拾取信封，放在書桌上，一面對沙妮亞道：

「歐曼的話，你不要放在心上，她生性如此，雖然她常常使性子，但胸中卻絲毫沒有積恨，這些富紳人家的女兒，我看得不少，她們說出來的話，往往只顧自己爽快，全然不顧別人是否受得了，我知你生性寬大，不會在言語上計較的，希望你不要介意。」

沙妮亞道：「我不會怨她的。」

公爵道：「那很好，難得你能這般寬宏大量，我實在很佩服。」說時，已收拾好信封，包成了個小包，遞給沙妮亞道：「你不覺得重嗎？」

沙妮亞道：「多謝你，我不覺得重。」

公爵帶笑道：「可要我代你拿去？」

沙妮亞微笑道：「不敢當，我自己拿吧！」

公爵憑著一股熱情，拉住了她的手狂吻，沙妮亞臉上紅了一紅，身子卻呆立著不動，宛如一個石膏塑成的美人一般，良久，才一手按住胸膛，姍姍地走到門邊，回首一笑，留下無限的深情，緩步出去了。

五 羅蘋的第二封信

公爵眼望著沙妮亞出去後，臉上不覺露出笑容來。

過了一會兒，他回身走到那吉本臺耳櫃前，在菸盒裡取出一支雪茄，點上了火，緩步走到平臺上，舉目遠眺，閒看四野的秋景。

過了好久，才又走下石級，經過草地，在檜樹林下的一條小路上走過去，到了一張石凳邊，這張石凳因為久被風霜剝蝕，滿積著草綠色的青苔。

前面有一個噴水池，一縷清水從它的中央沖天而起，映著大理石砌成的池邊，水聲潺潺，十分清雅。

池的右邊有一根很高的石柱，柱頂建著一個愛神的像，臉上充滿著笑容。公爵拂去了石凳上的苔痕，坐下來，臉上時時變換著表情，有時帶著愁容，有時卻又露出笑容來，他心中這時正想著沙妮亞的倩影。

深秋的夕陽照著他的面龐，漸漸由樹枝上移向地平線，同時暮色也重重的蓋下來，把大地遮了一層大幕。

公爵見時候不早，便從原路穿過森林，回到平臺上，忽見大門口圍著一堆人在那裡議論些什麼，便信步踱過去，見人堆的中央，正站著那大富翁高來麥汀，肥碩的身子上，裝上一個豬肝色的頭顱，一旁站著的，就是那亞路來，他的臉色也紅得很厲害，和那大富翁的銀色鬍鬚相映成趣。

高來麥汀說得正興奮，手不停地揮動著，公爵踱上前去，聽那高來麥汀正在說道：「既已說了好久，那就照折衷的價目，這價錢已是最低限度了，你意下究竟如何，不妨仔細考慮一下，至於我這方面，再少是不可能了，成交與否，都隨你的意思，倘若你以為價格太貴，那請不必多費時間了。」

亞路來道：「這價格我總以為太貴些。」

高來麥汀道：「那麼別多費脣舌了吧！一輛一百匹馬力的汽車，以八百鎊的代價出售，這種低價的貨物，哪裡還有？」

亞路來道：「我的意思並不要過於低廉，是想把你的價目略略減低些。」

高來麥汀道：「我告訴你，這輛車子我當時購買時是一千三百鎊，如今我蝕了五百鎊的本，你還嫌太貴，難道是要我送給你不成？」

亞路來道：「我並非……」

高來麥汀截止他的話頭道：「不必多講了，你心中打算出多少代價和我成交？」

亞路來道：「我以為八百鎊總太貴些。」

高來麥汀道：「你別這般斤斤計較，要是你試過這車子，便不會覺得貴了。」說時，回頭對司機伊軼道：「伊軼！你領這幾位先生到汽車間去，同他們乘那一百匹馬力的汽車，到火車站去試開一下，他們要的話，你回來告訴我。」

說完對司機閃了閃眼，回顧亞路來道：

「先生！你可以先去試乘一下，再回來成交吧！」

亞路來便和兒子們同聲說了聲再會，轉身跟著司機去了。

高來麥汀見他們去後，含笑對公爵道：

「他們試車回來，這場交易定能獲得圓滿的結果。」

公爵也笑道：「正是，我見你做事，每每都在最後成功的。」

高來麥汀咧開了嘴笑個不停，心裡很是得意，一面說道：

「我這輛車子買了還不到四年，現在要出這樣的低價去購買一輛一百匹馬力的汽車，已是不可能了。」

說時已走進廳堂，福銘早已點了兩盞燈在那裡，因為廳堂過大，所以不覺得十分明亮，富翁進了廳後，便坐在一張大椅子裡，開口道：

「親愛的公爵，今天為什麼不問我雷納赴宴的情形呀？」

公爵道：「可有什麼消息？」

高來麥汀道：「今天席上都是些大人物，在席間我已替你請得一個勳章，將來你配掛在身上多麼體面，這不是一個好消息嗎？」

公爵連連道：「好消息，好消息。」

高來麥汀又道：「這事辦得很滿意，等到勳章弄到手了，那麼你從前探險南極的記錄和你祖父的書本都可以和世人見面了，然後你再去留意藝術。」

公爵笑道：「恐怕我沒有這般風雅。」

高來麥汀拍拍公爵的手背道：「別這般說，你得明白我的意思，我的女兒需要嫁給一個有爵位和勳章及藝術鑑賞的人，三者缺一，便不足做我的乘龍快婿，你既兼有了爵位和勳章，那能缺少那藝術鑑賞呢？」

公爵以微笑答之，高來麥汀道：「你也不必笑我，可知我是一個藝術的嗜好家，你瞧我室中滿掛著名畫古物，就可知道我的生平了。」

公爵徐徐地道：「不錯，你收藏的東西，確實是稀世之寶。」

高來麥汀道：「我有一件世上罕有的寶物，你還沒有見過咧！就是那蘭白而公主誕生時所戴的一頂王冠，乃是難得的至寶，最少可值五十萬法郎。」

公爵道：「是呀，這東西我聽人傳說過，這樣的寶物也引起那亞森・羅蘋動了覬覦之心。」

高來麥汀聽了這話，立刻改容道：「快別提起這萬惡的巨盜。」

公爵道：「方才歐曼對我說起他，並且把他寄來的信給我瞧看，我見那信上的言語很是有趣。」

高來麥汀道：「你提起那年來信的事，不由使我生起氣來，在我心中，非得殺了他不足以發洩我心中的怨氣，當時我們正在說話，而且正講得高興，也是福銘這廝把信送進來的……」

正說時，忽然福銘匆匆地奔了進來，手裡拿著一封信大聲道：

「主人，外面送來一封信，請你瞧吧！」

高來麥汀接過了信，戴上眼鏡說道：「這信上的筆跡，我似乎看見過……」說時，便對信上凝視了一下，立刻驚呼道：

「不好了，這……」

公爵忙跳起來道：「什麼事？」

這時高來麥汀已倒在椅子裡，氣喘呼呼的說道：「這信上的字跡和之前那封信一般無二。」說完，不覺向後一仰，連人帶椅從後面倒了下去。

公爵忍不住笑了出來，連忙將他扶了起來，問道：

「你確定兩信是出於一手嗎？我想不會這般湊巧的，別懷疑了。」

高來麥汀道：「不，不，兩封信的字跡確定是同一人寫的，我絕沒有看錯。」說時，便抖著手把信拆開來瞧看，一面讀道：

高來麥汀先生：

敝人的嗜好，早在三年前和先生說過了，並且承你的厚意，惠賜許多名貴的物品，但裡面可說珍貴的僅五六幅而已，其餘的都普通得很，我夙聞先生酷好書畫，懸諸壁上的想都是名畫，像你這樣飽享藝術家的經營，不覺使我起了不平之鳴，現擬於明日早晨赴巴黎別墅，一看滿室陳列的名物，但不敢私入爵邸，所以預先報告一聲，請允許了吧！

亞森・羅蘋

公爵聽完，便道：「好大膽，他竟又來了。」

高來麥汀喘道：「還有哩，我再唸給你聽：

還有那蘭白而公主的冠冕，先生已保存了三年，但敝人既酷好此物，豈肯落後，定須得到之後才能甘心，倘我在世一日，定當謀一日策劃，以得此冕。

亞森·羅蘋」

高來麥汀讀完了信，連連罵道：「好大膽的惡賊，可恨極了。」說完便倒在一張躺椅裡，身子不住地發著抖。

公爵連忙大呼道：「福銘，快點拿杯水來，主人支持不住了。」

高來麥汀卻又嚷道：「快替我打電話給警署。」

這時公爵替他解開領巾，又拿了一把扇子，替他不停地搧著。

福銘端進一杯水來，身後又跟進兩個女郎來，原來歐曼和沙妮亞在室內聽到了公爵的呼聲才趕來的。

當下公爵便對她們道：「快去拿嗅鹽來。」

沙妮亞便立刻拿了一瓶嗅鹽來，公爵接在手裡，倒了些許放在高來麥汀的鼻孔裡，當下這位大富翁連打三個噴嚏，公爵又在他臉上噴了些冰水。

歐曼冷眼在旁看了好久，問道：「父親為什麼會暈過去？」

公爵道：「都是為了那亞森·羅蘋寄來了一封信。」

歐曼道：「如何，我早就說那亞森•羅蘋在這附近了。」

忽然高來麥汀跳起來，抓著福銘的兩肩，恨恨地道：「福銘，這封信你從哪裡得來的？送信的是怎樣的一個人？」

福銘忙道：「這信是我妻子從門外的信箱拿來的。」

高來麥汀吃驚道：「信箱裡嗎？唉！真的背運極了，送信的方式竟和上次一樣，這怎麼辦呢？」說完拼命拉著頭髮，簡直要一根根地拔下來。

公爵勸解道：「別這樣慌亂，這信也許是空言恫嚇的。」

高來麥汀認真地道：「不，不，哪裡是空言恫嚇，你得知道亞森•羅蘋的為人是說到做到的，三年前的事，你總該知道吧！」

公爵道：「我知道，但這事肯定是鬧著玩的。」

高來麥汀問道：「為什麼？」

公爵道：「你且瞧這信的發信日期，不是九月三日星期日嗎？」

高來麥汀道：「是的，但在日期上怎樣瞧得出是鬧著玩的呢？」

公爵道：「我告訴你，信上指明明天早上到巴黎別墅去，倘他是假意恫嚇的，那也不必說了，我們可以不去理會它，要是真的，我們不妨今天連夜通知巴黎警署，跟他較量一下。」

高來麥汀微微點頭道：「這樣倒也還算合情合理。」

公爵道：「那亞森・羅蘋總是目空一切，偷竊人家的東西還預先通知，也許這是他兵行險著，也可以警惕後起者自稱高強的人。」

高來麥汀嘆了一口氣道：「也罷，且讓我打了電話再說。」

沙妮亞道：「電話不通。」

高來麥汀道：「為什麼？」

沙妮亞道：「今天是星期日，現在時候已是不早，電話公司已停止工作了。」

高來麥汀哀號道：「那麼如何是好，今天真是太不幸了。」

歐曼插嘴道：「不礙事，父親財勢兼備，區區打一個電話，有什麼辦不到的。」

沙妮亞抗議道：「不是這麼說，今天是星期日，電話公司照例是十二點關門，無論有沒有財勢，辦事的規則誰也不能變更的。」

高來麥汀弄得沒法，坐在電話機旁的一張椅子上，心裡說不出的難受。

公爵道：「凡事總有解決辦法，天無絕人之路，我們這裡有四個人，共有四個腦袋，無論如何，總能想出一個解決的方法來。」

高來麥汀道：「你有什麼辦法？」

公爵沒有回答，兩手插在衣袋裡，在室內踱來踱去。

沙妮亞一手搭在一張躺椅上，兩眼卻盯著公爵。

福銘滿臉現著疑忌的神情，站在門口。高來麥汀已急得什麼似的，兩手不停地抹著額頭的冷汗。

過了好久，公爵才劃破沉默的空氣，喊道：

「有了。」

高來麥汀忙道：「有什麼好辦法？」

公爵摸出手表來看了看，便道：「現在將近七點鐘，若是立刻出發，在明天三點鐘光景可以趕到巴黎，一到巴黎，便把這事報告警署，或者這時亞森•羅蘋在行竊，正可以捉住他，現在我先去預備一些需要的東西，馬上出發吧！」

說完便飛也似地走出客廳。

高來麥汀轉憂為喜道：「不錯，歐曼，想不到你嫁了一個處事鎮定的好丈夫，他想出來的這條計畫，確是又妥當又迅速，我們需得立刻趕到巴黎去，免得在這裡受些無形的恐嚇，況且今天屋子裡的銀像掉換了位置，窗上又沒有玻璃，也許這裡已有賊人潛伏，對我們虎視眈眈，你們兩個女孩子留在這裡，叫我如何放心得下。」

歐曼反對道：「父親，這又何苦，我們夜晚又要趕路，照時間推測，那些僕人還沒有到巴黎，我們到了那邊，走進一間杳無人跡的空屋裡去，不是更可怕嗎？」

高來麥汀道：「這算什麼話，快去收拾行裝，預備啟程。」又對沙妮亞道：「巴黎別墅的鑰匙在哪裡？」

沙妮亞道：「在那只櫃子裡。」

高來麥汀道：「那就好了，這是最要緊的東西。」又叫喚福銘道：「你去對伊鞅說，命他備兩輛汽車，一輛我坐，一輛給公爵坐，伊鞅可以不用隨我們去，叫他和你一起看守邸第。」

福銘聽了，答應著走了出去，高來麥汀則催促著兩個女郎，一同走出大廳。

六　不幸的事情降臨

高來麥汀走出大廳後，忽然從長窗裡走進一個人來，正是那亞路來，他舉目向四周瀏覽了一遍，便在口裡發出一聲暗號，後面便跟進來一群人，是他的三個兒子和司機伊鞅。

亞路來輕聲地對他們吩咐道：「伊鞅，你守在通往外廳的門，勃南德守住通內室的門，彼尼和羅葉跟隨我來，我們須得從速進行，因為他們立刻要搭車往巴黎去了，倘一延遲，我們便不能把汽車弄到手了。」

伊鞅一面走向門邊去，嘴裡卻咕噥道：「既然要到巴黎去，那不是很容易的嗎？為什麼還要寫信通知，多一番麻煩呢？」

亞路來道：「蠢豬，這信不過是刺探他們的線索，至今一點也得不到頭緒，大概那頂王冠是在巴黎了。」

於是勃南德向裡守望著，伊鞅向外守望著，亞路來和彼尼、羅葉開始搜索起來，他們三人的動作都很敏捷，抽屜的開閉都不發出一些聲音來。

不多時，亞路來道：「錯不了，我記得巴黎別墅的鑰匙，的確是藏在那邊的一只櫃子裡。」

勃南德道：「且慢，這裡不是也有一只櫃子嗎？」

亞路來過去一看，是鎖著的，便呼叫彼尼道：「彼尼，快拿鑰匙來開這櫃子。」

於是彼尼取出一串百寶鑰匙，過去開啟了櫃子，亞路來急忙搜尋起來。

伊鞅道：「你們都不中用，還是讓開，由我來吧！」

於是伊鞅過來，閃過一盞燈旁，火光立刻熄滅，他檢查到第七個抽屜時已見到那串鑰匙，拿了出來，放在袋裡，又取出一串鑰匙來，照樣放在抽屜裡，把櫃蓋放下，依然鎖好了，連忙向長窗中奔出去，彼尼等人已在外面等候著。

這時高來麥汀恰恰走進來，瞥見窗外人影一閃，覺得不對，便大聲呼道：

「快！快！一個賊，福銘，福銘，福銘……」

他連跑帶喊地向長窗邊趕去，一不留神，被躺椅絆了一腳，仰面朝天跌了一大跤，用盡力氣才慢慢地爬了起來，一面厲聲呼道：

「福銘……福銘……夏木拉司……夏木拉司。」

喊了好久，卻始終沒有人答應，於是他鼓足了力氣，又是福銘、夏木拉司的亂喊一陣，仍是毫無聲息，這時高來麥汀更加害怕了，兩眼露出恐怖的神情。

過了好久，公爵才聞聲走來，態度很是從容，只見他穿著工作服，手裡拿著一只皮袋，問道：「是你在叫我嗎？」

高來麥汀道：「我的喉嚨都快喊啞了。」

公爵道：「什麼事情？」

高來麥汀道：「那賊又來過了，方才我進來時，親眼看見有一個人從長窗裡很快地逃了出去。」

公爵道：「也許是你眼花瞧錯了。」

高來麥汀道：「誰騙你，是我親眼看見的，正如現在看見你一樣。」

公爵道：「應該不會看得很清楚吧！這麼大的一間廳堂，只點了一盞燈……」

高來麥汀道：「這也是福銘偷懶。」說時，又大呼了幾聲福銘，仍是沒有回音。

公爵走到窗前說道：「現在關上這扇窗子，最好今夜叫福銘備了武器守在這邊，倘若惡賊來時，可以給他幾顆子彈嘗嘗，能夠打中一個，其餘的絕不敢再來了，最不放心的就是你們父女兩人，留在這四面恐怖的包圍中，總不大妥當，在我瞧來，你倆還是暫離這裡的好。」

高來麥汀道：「我也不願留在這裡，所以預備和你同乘汽車到巴黎去，命伊鞅和福銘留在這裡看守邸第，況且福銘也是個上過戰場的老軍人。」

公爵道：「你也願意到巴黎去嗎？那好極了，我可以坐那輛六十匹馬力的汽車，你去坐那輛四十匹馬力的汽車。」

高來麥汀道：「那可不行，歐曼最嫌棄那輛六十匹馬力的汽車，恐怕她不會肯和你同車。」

公爵道：「現在事情急迫，不容她稱心如意，要是她不肯和我同車，那就和你同車吧，你那輛車子容納不下的話，我的車內可以坐克律其納小姐或是歐曼的侍女優茉。」

高來麥汀道：「不，歐曼和優茉是分不開的，可以坐在我的車裡……」

說時歐曼已從內室出來，後面跟著沙妮亞和優茉。

歐曼懶洋洋地對公爵道：「埃克，像這樣的天氣，為什麼要強迫我行夜路，多麼使人不自在。」

高來麥汀道：「你別埋怨了，剛才我親眼見到一個竊賊從長窗裡逃了出去。」

公爵道：「那人的衣服還閃閃發光的呢。」

歐曼不滿地道：「埃克，到這時候，你還開什麼玩笑。」

公爵道：「我哪裡是開玩笑，實在是你父親錯把燈光的幻象誤認為人了。」

高來麥汀道：「怎麼會呢！我明明瞧見一個賊逃了出去，哪裡是眼花看錯的。」

公爵笑道：「正是，所以我說那人的衣服是會發光的！」

歐曼怒道：「埃克，你還要說笑麼，可知道這是我一向所不喜歡的？」

高來麥汀道：「親愛的公爵，別老是這般開玩笑了，我那巴黎別墅中的東西，完全託付給你了。」

公爵瞧了沙妮亞一眼，一面答道：「知道，一切都看我的就是了。」

高來麥汀便命沙妮亞拿來巴黎別墅的鑰匙，沙妮亞從衣袋裡拿出鑰匙，走到櫃邊，插入鎖孔一旋，誰知竟然一動也不動，驚呼道：「鎖壞了。」

高來麥汀道：「如何？我早見有賊來過了，想必是來偷取那串鑰匙的。」

沙妮亞揭起櫃蓋，打開第七只抽屜，見那串鑰匙還好好地放著，便道：「好了，總算沒有被他偷去，還在呢！」

高來麥汀大喜道：「那真萬幸極了，想是那賊奴正在偷鑰匙，卻被我嚇跑了。」

公爵催促道：「我要動身了，沙妮亞小姐，快把鑰匙給我，好讓我到了巴黎別墅可以開門進去行事。」

沙妮亞便伸手把鑰匙遞給他，公爵卻乘機握住她的纖纖玉手，沙妮亞被弄得很是窘迫，臉上如火燒般紅熱起來，幸虧燈光很暗，並未給人識破，她立刻退了下來，含笑立定在櫃邊。

歐曼對這些動作絲毫沒有瞧見，對她父親道：「父親，現在時候已不早了，你身上穿得這麼單薄，難道不需要換件衣服嗎？快去預備吧，你每次在出門的時候，老是要人等上你老半天。」

高來麥汀聽了，便急匆匆地出了大廳，歐曼便在一張椅子上坐下，優茉站在內室的門口，沙妮亞靠在櫃旁，三人默默不發一言。

忽然玻璃窗上起了一陣淅瀝之聲，歐曼道：「下雨了，怎麼辦，但也下得正好，免得我在夜間出門遠行了。」

公爵道：「今天天氣本來很熱，下雨是必然的，只要你身上穿得暖和些，仍舊可以趕路的，要知亞森・羅蘋的為人是很固執的，他的行事絕不會因為天氣的晴雨而變更日期，倘若我們因為下雨便不到巴黎去，那就有不幸的事情降臨了。」

眾人聽了這番話，便一個個都沉默不語，聽著玻璃上打來的雨聲。

公爵從懷中取了一支菸出來，點上火說道：「這大廳委實太暗了，就像在黑暗中摸索一般，為什麼不把這裡大放通明呢？」

說完便走向四面，把架在桌子、天花板的銅燈、磁燈和銀燈都點亮了，點到第二十二盞時，高來麥汀急急地走來了，忙問道：「什麼事，點這許多燈做什麼？」

歐曼道：「公爵總脫不了他的孩子氣，才坐不到十分鐘，又無緣無故地點上了這許多燈。」

高來麥汀道：「親愛的公爵，你也不替我打算打算，這許多燈一起點上，要耗去多少燈油？我在平時最多只點六盞，必須遇到特別的大事才添上幾盞，你這樣實在太浪費了。」

公爵帶笑道：「多點幾盞燈，使室內光明些，不是很好嗎？剛才那樣真使人悶得難受。」說到這裡忽然改口問道：「汽車在哪裡？我們快去喚伊鞅來吧！」

高來麥汀道：「怎麼？是叫我親自冒雨到汽車間裡去找人嗎？」

公爵道：「不要多說了，快去叫伊鞅來，你的嗓門比任何人都大，只有你的呼喚才能使他們聽到。」說完，便一手拉著高來麥汀，一同跑到大門口，公爵催促道：「快喊，快喊。」

高來麥汀慘然道：「你為什麼不肯自己叫，非要我來叫他們不可呢？」

公爵道：「因為我的聲音很低，恐怕叫不應他們，快叫吧！」

高來麥汀大聲呼喚道：「伊鞅……福銘……伊鞅……」

叫了多時，卻沒聽見任何回音，只聽得狂風和驟雨如萬馬奔騰地亂響著。

七　風雨之夜

這時天已全黑，又加上傾盆大雨，所以伸手不見五指。他倆站在門口，粗大的雨點不斷地打在他們的頭上。

高來麥汀又連連呼喊著伊鞅和福銘，直喊得聲嘶力竭，還是沒有回音，於是回顧公爵道：「這兩個混蛋不知在做些什麼？這般叫喚還沒聽見。」

公爵道：「這恐怕有些不安，我們得親自去察看一下才是。」

高來麥汀道：「這麼大的風雨怎樣出去查看，要是賊黨潛伏在附近，趁我們出去的時候跳了出來，豈不是要把我們嚇死嗎？」

公爵道：「除了我和你去查看外，還有誰去看呢？現在已經耽擱了不少時間，須知那亞森・羅蘋現在已一步步靠近你藏古董珍玩的地方了，趕快吧！」

說完又拉著高來麥汀走下石級，直奔到汽車間門口，忽然站住驚呼道：「這是怎麼一回事？」

高來麥汀仔細一瞧，這才看出來，見裡面只停著一輛一百匹馬力的汽車，其餘的兩輛已不知去向，那汽車的頂上，卻並肩坐著兩個人，正是伊軼和福銘。

高來麥汀發怒道：「你們這兩隻懶狗，好端端地坐在這裡做什麼？」

車上的兩個人非但沒有回答，竟然動也不動，就像沒有聽見一樣。

公爵有些疑惑，便在車旁拿起一盞燈來，向車上一照，只見兩人被捆得牢牢地不能動彈，嘴裡又塞著東西，所以開不了口。

公爵摸出一柄小刀，一躍登上車頂，把他們的繩索割斷，又把嘴裡的東西挖出來，當下福銘咳了一陣。

公爵問道：「是誰把你們綑綁在這裡的？」

福銘道：「就是那該殺的亞路來呀！」

伊軼道：「他們的手法迅速得不得了，而且是從我們後面襲來，所以事先我們毫無防備。」

福銘道：「他們捉住我倆後，便往我們嘴裡塞了東西……」

伊軼又道：「他們下手後，便歡天喜地地駕駛那兩輛汽車走了。」

高來麥汀聽到這裡，臉色已變成死灰，驚問道：「他們真的駕了那兩輛汽車走了嗎？」

公爵大笑道：「那亞森・羅蘋的野心可算不小！他每次行竊，總是一連數件，從不少偷的。」

高來麥汀急忙道：「現在沒空說他，我們必須得想個萬全之策，保護那些名畫和那頂王冠才是。」

公爵道：「這麼一來，我們方才的計畫只有打消了，再想別的方法，現在讓我先搭這一百匹馬力的車子趕到巴黎去。」

高來麥汀道：「但這輛車子已停用了幾年，難保有些損壞，恐怕不能任你盡情疾駛。」

公爵道：「這倒無妨，這裡到巴黎總計不過二百里路程，不一會兒便可到的，不過你和歐曼住在這裡，恐怕不甚妥當，如今那惡徒偷了你的車子，目的是阻止你的出行，說不定再過一會兒，他們又會到這裡來。」

高來麥汀道：「這個當然，我怎麼還能在此地待著，就是有人出錢要挽留我，我也不肯住在這裡呀！如今汽車既已失去，我們還可以乘火車，依然可以到達巴黎，現在時間很可貴，讓我去通知歐曼吧！」說完便急急地走向大廳去了。

這裡公爵吩咐司機道：「伊軼！快點上車燈，我立刻要出發，路上的快慢，只有聽天由命了。」說完匆匆地走進大廳，福銘也跟在後面。

大廳裡，歐曼父女正在爭執這番出行的事，歐曼不肯乘火車動身，高來麥汀卻執意要她出行，兩人相持不下，到後來還是歐曼屈服了，終於答應出發。

沙妮亞問道：「現在有沒有巴黎的火車？」

高來麥汀道：「這倒不太清楚，且瞧一瞧火車時刻表。」

公爵道：「火車時刻表似乎放在那只東方式櫃的抽屜裡。」

說時便走到櫃邊，從抽屜裡取出一張火車時刻表遞給高來麥汀，高來麥汀接過來一看道：「好極了，八點四十五分正有一班車呢！」

歐曼聽了，卻掃興地道：「這種大雨的晚上，為什麼一定要趕路呢？從這裡到火車站，又是怎樣去法，難道叫人步行到車站去嗎？」

高來麥汀聽了這句話倒也呆住了，兩眼看著公爵，公爵瞧瞧沙妮亞，大家說不出話來。

倒是福銘機巧，對他們說道：「主人，這裡還有一輛行李車，這時候不妨用來代步。」

高來麥汀大喜道：「好，很好，那行李車讓我來駕駛，就立刻出發吧！」又對福銘道：「福銘，你快去牽一匹馬來，在外面等候。」

福銘出去後，公爵對高來麥汀道：「現在已耽擱不少時間了，半個鐘頭內恐怕你們還不能動身，我可要先走了，再會吧！」

歐曼忙道：「且慢，那火車裡有沒有餐廳啊，今天被你們逼著趕路，已經沒睡好了，要是再叫我忍著餓趕路，可辦不到。」

高來麥汀道：「火車裡哪來的餐廳，我們可以先吃點東西，再帶些去，在路上充作點心，沙妮亞、優茉，你們到廚房裡去看看，有什麼可口的食物，儘量拿來，再命福銘的妻子做一個薄餅，得快些，愈快愈好。」

沙妮亞和優茉便向門裡走去，公爵高呼道：「沙妮亞小姐再見，祝你車上平安。」

沙妮亞回道：「多謝你，爵爺再見，也祝你一路平安。」

沙妮亞又對公爵低聲說道：「路上格外珍重，黑夜趕往巴黎可不是兒戲，你得特別留意些才是。」

公爵也低聲回答：「路上我自會留心，請你不必擔憂。」

這時門外一陣鈴聲，汽車已駛到門外，公爵便在沙妮亞的手上吻了一下，又和高來麥汀握了握手，道了別，便上車向巴黎出發了。

高來麥汀便站了起來，把各處點亮的燈逐一熄滅，對長窗恐怖地望了一眼，滿臉不安的樣子，這時門上響起幾聲叩門聲，只見伊鞅站在門口。

伊鞅道：「爵爺吩咐小人留在這裡幫福銘看守邸第。」

高來麥汀便吩咐伊鞅如何防守敵人，福銘是個久歷沙場的戰士，膽量大得多，所以派他看守大廳，伊鞅守那兩間內室，高來麥汀便引他們到軍火室裡，取了兩支槍和十二個火藥來。

沙妮亞已備妥食物，對高來麥汀道：「食物齊備了。」

於是大家走進膳堂，飽吃一頓。

伊鞅背著槍進來稟報：「福銘已備好一匹馬，在門外等候。」

高來麥汀道：「快去叫福銘進來，我還有話吩咐他！」說時，恰巧福銘進來了，高來麥汀便道：「福銘！這所邸第的命運已完全託付在你的身上，你是法蘭西的老軍人，我想你能擔任的。」

福銘說道：「沒問題！」說時高舉手槍，活像個沙場上的戰士。

高來麥汀又道：「福銘，今晚事情十分重大，也許會發生劇烈的爭鬥，這種種的事，得要求你一個人擔當了。」

福銘仍很大方地道：「主人，請放心，在一八七〇年大戰場上，我曾實地參與了戰爭，所以膽子很大，無論什麼事，我都不怕。」

高來麥汀道：「那好極了，這邸第的全權就由我託付給你，所以一事一物都得由你替我格外留意，現在我們要到火車站去了。」

說完便走到外面，喚優茉和沙妮亞上車，他自己坐在車子前面，雙手握著馬韁，車下的雙輪隨著馬蹄的節奏，慢慢地轉動起來，逐漸遠離夏木拉司爵邸。

這時高來麥汀又回頭呼道：「伊鞅和福銘，你倆都是法蘭西的健兒，凡事都要奮勇向前才是……」

這時轆轆的輪聲已隨著風雨的聲音沒入黑暗中去了。

福銘和伊鞅眼見車子走遠，便一同關門進去。

福銘看著伊鞅道：「這事實在很可怕，那賊黨來時，黨徒勢必很多，若把我們殺死，如何是好？」

伊鞅道：「照理說，若是有事，原該拚力應敵，目前沒事，不妨喝點酒，也好壯壯膽。」

說完便逕自走到廚房，取出兩瓶酒和一個夾肉麵包，還有一些甜菜，拿進內室裡去，接著又找了幾本書報和雜誌，預備藉此消遣，等到一切弄好，便站在門口說道：「老友，賊來時，你得立刻開槍，不要退怯，晚安，祝你有個甜蜜的夢。」

說完便把門帶上，又加上了鎖，把福銘一個人獨自關在大廳裡。

福銘呆呆地瞧了瞧門上，只見窗外黑漆無光，室內更顯得悽慘，瀟瀟的雨聲又像有著雜亂的腳步聲，把福銘嚇得兩腿發軟，靈魂已出了竅，好容易挨出廳堂，穿過甬道，走到廚房裡，見他的妻子正在用晚餐，便喘著氣說：

「上帝啊，我從一八七〇年戰爭後到現在，再沒有遇過像今天這樣可怕的事情。」一面說，一面拿了一條手帕，不停地擦著頭上的汗珠。

他的妻子道：「你有什麼害怕的事嗎？」

福銘道：「他們正要把我們害死呢！」

他的妻子道：「那麼你快去鎖上大廳的門，再躲到這裡來，我料那賊徒絕不會連廚房也搜查到的。」

福銘道：「好雖是好，但大廳的東西怎麼辦，主人臨走時，把這事託付給我了呀！」

他的妻子罵道：「你太蠢了，主人的東西干我們什麼事，我問你，你究竟有幾顆腦袋任人宰割？現在快去鎖了門，到裡面來用晚餐吧！」

福銘這才依了她的話去鎖了大廳的門，回到廚房裡掩上門，偎著桌子大嚼起來，並且不時的側耳傾聽可有什麼警訊，餐畢，又拿了一只菸斗抽起菸來，他妻子則去洗碗筷。

這時的福銘因喝了幾杯酒，膽子稍稍壯大了些，言語中，露出很肯為主人效力的話來，但始終不敢離開火爐一步，更別說到大廳去了。

忽然大門一陣巨響，傳入福銘的耳朵裡，他立刻嚇呆了，他的妻子急忙在廚房的門上加了一把鎖，回頭瞧著丈夫，一言不發，宛如人家墳前的一對「翁仲」。

那大門上的敲門聲，一陣緊如一陣，比先前更厲害了，中間又隔著像虎叫的聲音，嚇得他倆面如土色，福銘勉強把拿槍的一隻手舉了起來，但身子卻不由自主地顫抖起來。

門外的敲門聲和咆哮聲愈來愈響，過些時候，福銘的妻子才改容說道：「那外面的叫喊聲我倒聽出來了，好像是主人的聲音。」

福銘道：「真的嗎？你怎麼知道？」

她答道：「我分辨得出來，絕不會錯，一定是主人的聲音。」

於是夫婦倆一同把廚房的門開了一半，仔細一聽，確定是主人的聲音後，立刻壯起膽來，福銘大踏步跑到大門，打開上面的大鎖，把門一開，只見主人、歐曼小姐等一行人都站在馬首旁邊。

高來麥汀一見福銘，便怒聲罵道：「你在裡面做什麼？我們在這樣的大雨下，把喉嚨都喊啞了，到現在才來開門，奴才，你到底在做什麼！為什麼不來開門？」

福銘道：「我以為是賊人來了，所以不敢來開。」

高來麥汀更加怒道：「笨奴才，連我的聲音都聽不出來了嗎？怎會分不出，蠢……」

這時他有如一頭發怒的野獸一般，把福銘一把推開，匆匆地跑了進去。

歐曼也跟著進去，脫去了溼衣，懊惱地道：「八點四十五分沒有火車，你也該弄明白，這番苦頭不是多吃的嗎？今天晚上，無論如何我是不到巴黎去了。」

高來麥汀道：「你別老是責怪我，你可以去看一看火車時刻表，是不是我看錯了的。」說時，便走到桌子旁邊，拿起那張時刻表來仔細一看，立刻痛恨道：「該死的東西！原來這時刻表不是今年的，而是一九〇二年六月的。」

歐曼道：「那麼這是埃克有意和我們開玩笑嗎？」說時，見了那櫃上的馬洛科皮匣，便順手取來打開一看，不覺驚道：「不好了，裡面的那對耳環不見了。」

高來麥汀道：「難道這又是那惡賊偷去了嗎？」

歐曼道：「不，也許公爵以為放在這裡不大妥當，所以把它帶到巴黎去了也說不定。」

八 神秘的失竊

天空剛露出魚肚色的時候，巴黎警署的門前絲毫沒有聲息，雪白的牆壁上，貼著無數紙張，不外是些罪犯的照片，揭示的罪狀以及懸賞和通緝令等等，占了整面牆。

警署裡面，只陳設了幾件物品，顯得相當蕭條。

警長坐在辦公桌邊，連連地打著呵欠，守門的和站崗警衛並坐在一條板凳上，滿臉露著倦容，巴不得上床去睡一會兒的樣子。

正當沉寂的時候，忽然有一輛汽車追風逐電地駛來，到了警署的門口停下來，警長和三名警士揉揉倦眼，預備接見這位剛來的人。

不一會兒，走進一個青年，向四周瞧了瞧說：「敝人便是夏木拉司公爵，為了高來麥汀先生的事情，特地到這裡來，昨天晚上，他接到亞森・羅蘋的來信，聲稱在今天早上要到他巴黎的別墅裡行竊。」

警長聽得「亞森・羅蘋」四個字，立刻從椅子上直跳起來，那三個警察也都相對愕然，睡魔立即被亞森・羅蘋的大名趕走了。

警長驚恐地問道：「爵爺怎麼說，可是那亞森・羅蘋又來信了嗎？」

公爵便從衣袋裡摸出一封信來，交給警長，警長接來一看說道：「不錯，這確是那賊的筆跡，我已見過多次了。」

公爵道：「現在時間已經十分迫促，一分鐘也不能耽擱了，我在昨晚十二點鐘搭車出發，本可早在幾點鐘以前到這裡的，誰料車子在半途出了岔子，所以遲了許多時候，現在卻嫌太晚了。」

警長道：「那麼我們立刻出動，去偵伺一切吧！」又回頭吩咐二個警士道：「你們也跟我一同去走一趟。」

說完，四人匆匆地走出辦公室，在大門口見有一輛灰色的汽車，後面兩個輪子都已損壞，四面沾著各色的泥濘，公爵連連招呼警長道：「來，快隨我一同上車，你的兩個部下只有跟在我們後面步行了。」

說時，已同警長上了車，立刻轉動四輪，向別墅的所在地進發。

兩個警士在後面跟著。

不上五分鐘，已經來到高來麥汀的別墅前，兩人下了車，見許多百葉窗都緊閉著，煙囪也不見冒煙，顯然是沒有人住。

公爵走上石階，拿出一串鑰匙，揀出其中一個插入鎖孔裡，一轉竟然動也不動，又換了另一把上去試，一連把一串鑰匙都試遍了，卻仍然打不開，警長連忙上去一個個地試了試，仍是不行。

公爵見始終開不開，惱怒道：「一定是他們弄錯給我了，這串鑰匙想是另外什麼門的吧！」說時把鑰匙看了看，失聲道：「不好了，我們從來沒有這串鑰匙，一定是被人暗中換掉的。」

警長接著道：「掉包了嗎？那是在什麼地方？什麼時候換掉的？」

公爵道：「高來麥汀先生在昨晚親眼見到有一個人越窗逃走，後來發現櫃上的鎖壞了，這串鑰匙一定是在我的邸第中被人掉包的。」

警長聽他說完，便舉起一條鐵棍，向門上亂打一陣，一點也沒有動靜，便吩咐部下道：「那裡有一扇邊門，你們過去試試看。」

兩名警士依言過去敲叫了一會兒，也是不見回答，警長問道：「那守門的人哪裡去了？」

公爵道：「不清楚，除了守門的外，還有一個女管家宛克杜，希望他們沒有被賊人害死。」

警長道：「亞森・羅蘋雖然是個大盜，但他絕不輕易殺人，據我看來，那守門的和那下人這時定是被禁閉在哪裡，我敢斷定。」

公爵道：「現在我們既然沒有鑰匙，那麼唯一的方法只有破門進去了。」

警長道：「像這樣好的門，如果我們撞破了進去，高來麥汀先生見了，一定會不高興的。」

公爵道：「這倒不妨由我做主，撞破了進去吧！」

警長道：「不，我還有一個方法。」說時，回頭對一名警士道：「央里，你快到西瓦包爾路去，叫鎖匠勒固拿來，愈快愈好。」

公爵也吩咐道：「且慢，你對鎖匠說，若能在十分鐘內趕到，便給他一塊錢。」

央里答應著去了，警長細細地瞧那石級，公爵點上一支雪茄，在旁邊看著。

警長看了一會兒，又沿街踱著，公爵卻倚著門吸著雪茄，瞧去精神似乎很好，不像連夜趕來奔波的勞苦，目光也炯炯有神，絕無一絲倦態。

過了一會兒，警長失望地回來，公爵問道：「有什麼線索嗎？」

警長搖頭道：「一點也沒有。」說時又走上石級，用鐵棍重打著門，但裡面仍是寂然無人，外面卻有了腳步聲，只見央里帶了鎖匠進來。

那鎖匠走上石級，從肩上卸下一只收納工具的皮包，開始工作起來，但那鎖因為過於堅固，所以任他用盡了平生的力氣，總也弄不開它，後來他說要開這門，只有把門鎖的四周的木板鑿去，才可卸去鎖，把門弄開來，公爵立刻答應了他，於是他換了一件工具，重新工作起來。

這回快極了，不到三分鐘，已把鑲鎖的一塊木板鑿了下來，大門也同時開了，當下警長便拔出手槍，大踏步當先走了進去。

公爵和兩名警士也都握著手槍向裡面進去，只見大廳上的燈光非常暗淡，如豆般的燈火，絲毫沒有光亮，室中伸手不見五指。

一個警長忙去打開一扇百葉窗，頓時一道光線衝破黑暗，把室內所有的東西呈露了出來，只見那些東西都照原來的位置放著，不像有人進來過。

警長道：「快去尋找那守門的人。」

兩名警士的眼光倒是銳敏，見那右室有一扇小門虛掩著，立刻走過去推門而入，不多時，出來一個道：「那守門的和他的妻子被綑住在裡面，嘴裡還塞著布。」

公爵道：「這個暫緩討論，那陳列名畫的地方是在樓上，現在我們先躡足上去，也許那賊人尚未逃走。」

說完先行登樓，警長和兩名警士也急忙跟了上去，通過一條迴廊，直到名畫陳列室外，公爵很快地推門進去，卻愣住了，原來室內所有的桌子椅子早已東倒西歪，不成個樣兒，壁上的那些名畫也已不翼而飛，向門的一扇窗倒還關著，窗板已經破壞了，一扇掛在窗臼子上，窗外架著一條梯子，窗檻上有一張小桌，騎跨著放在上面，火爐架前有幾張椅子，用繩子綁著，似乎想搬運出去的樣子，但不知為了什麼卻留下了。

公爵和警長走到窗前，向下面花園裡一望，卻是寂靜無聲，那賊人早已逃之夭夭了。

公爵回轉身子，猛然瞥見牆上寫著幾個字，叫道：「快來瞧，這上面寫著些什麼？」

警長立刻來看，果見牆上用藍色粉筆寫著「**亞森・羅蘋**」四個字。

警長看畢，便道：「這事又須勞動苟及特了，不過現在我看該先請個檢察官來，查勘明白後，再決定進行的方針。」說完便匆匆地走到電話室中去了。

這裡公爵又開了一扇門，走進第二間室中去，那許多百葉窗都已開著，也不見許多東西，牆上又發現了「**亞森・羅蘋**」四個字。

公爵看了一遍，在一張安樂椅裡坐了下來休息，警長打好了電話，又在各處搜查了一回，也是沒有影蹤，簡直連個指印也找不到，只得回來對公爵道：「依我看來，那女人應該先把她叫來問一下，也許她還熟睡在哪裡，並不知道有賊人來過呢！」

公爵便跟著走出來說道：「這倒是很耐人尋味。」

警長命兩個警士同到一層樓去高喚了幾聲宛克杜，卻沒有回音，於是四人分頭去尋找，警長去查右邊的幾間房間，警察搜左邊的房間，忽然一個警察喊道：「這裡是臥室，你們快過來瞧！」

三人聽說，便一起走過去看，果見室內有一張床，床上的被褥凌亂不堪，顯然有人睡過，卻沒有宛克杜的蹤跡，公爵便道：「她會在哪裡呢？」

警長道：「依我看，那宛克杜也許是亞森・羅蘋的黨羽，如今事成，必然跟著亞森・羅蘋走了。」

公爵道：「這個恐怕未必，她可是高來麥汀平日很信任的女管家。」

警長道：「話雖如此，但世上的人，誰能洞悉他們的肺腑？以德報怨的人，在目前的這個時代裡是不勝枚舉的。」

他們在裡面觀望了一會，再次退了出來，繼續他們搜查的工作，可是任他們把整個別墅都找遍了，仍是不見宛克杜的影子。那守門的也不知道她在哪裡，據守門的人說，那賊人來時，他和妻子正睡著，一時逃不掉，以致被賊人綁住了身體，又塞住了嘴，絲毫不能動彈。

警長和公爵在這些話裡也找不出什麼線索來，便快快地回到名畫室裡。

警長看了看手表，走向電話處去，一面說道：「讓我再打一個電話給署裡。」

公爵問：「是不是去請荷及特？」

警長道：「不，我想先去請檢察官夫麥勒來，他和荷及特二人平素不和。」

公爵道：「夫麥勒這人不是很精明幹練的嗎？」

警長道：「這個當然，不用說，他是個精明幹練的人才，可惜他的命運不濟，在警界裡混了這麼多年頭，還是做著別人的下屬，沒什麼出息。」

公爵道：「當我出發的時候，高來麥汀囑咐我，若是別墅裡的東西萬一已遭那亞森・羅蘋劫去了，那麼可以把被劫的事告知荀及特，請他相助，因他和亞森・羅蘋是大仇敵，偵查起來，一定比別人起勁些，所以高來麥汀早已決定請教荀及特了。」

警長立刻道：「那也好，我去叫荀及特吧！」說完便去打電話給警署，叫偵探長荀及特馬上趕來，可是對方言語支吾，公爵便走過去道：「讓我來，也許他們能照辦。」

於是他對著聽筒道：「在下是夏木拉司公爵，因受了高來麥汀先生的囑咐，要請貴署的荀及特先生辦一件竊案，請你代為通知一聲。」

那署內的人聽了這些話，仍是有些遲疑，但是高來麥汀是一個有名的富紳，夏木拉司又有公爵的頭銜，不敢怠慢，只得回道：「荀及特現在因公外出了，署中先派兩位偵探來，一方面再去找荀及特先生好了。」

公爵便擱下聽筒，對警長道：「這裡我已接洽好了，但那夫麥勒不知幾時能來。」

警長道：「恐怕不會立刻來，因他有一個古怪的脾氣，在尚未吃過一頓豐盛的早餐前，無論什麼重要的事，他是絕不肯出來的。」

公爵道：「這早餐二字不說還好，一說出來，我的五臟廟也鬧起飢荒來了，快趁夫麥勒來之前去填飽肚子再說吧，不過我不想自己出去，不知那守門的能否替我辦？」

說完便走下樓去，公爵又回到樓上，給了他一個銀元，命他在附近的食物店裡買些填腹的東西來，守門的拿著錢去了。

公爵又回到樓上，在浴室裡洗了個冷水澡，才穿好衣服，守門的已買了東西回來，於是在餐室裡用了早餐，再喚一個理髮匠來理了髮，最後在名畫陳列室裡胡亂地收拾了一會兒，才點上一支上等的雪茄，坐在一張沙發上閉目養神。

這時，警長卻帶著失望的臉色進來道：「署中派來的兩名偵探已經來了，一個叫大塞，一個叫波納溫，我們三人雖又一同查看了大半天，但仍得不到什麼線索。」

公爵卻安慰他們道：「這些須得從緩進行，何況著急也是無濟於事，現在盡可慢慢地想個妥善的方法……」

正說時，忽然聽見下面響起一陣敲門聲，接著腳步聲向著樓上走來，警長欣喜道：「好了，好了，夫麥勒先生來了，只要他一來，這事便不難解決了。」

九　書本下的鞋印

這時室門開處，走進一個矮胖的人來，長著一頭鬃毛似的頭髮，一根根直豎著，唇邊留著兩撇八字鬍，這人便是夫麥勒。

警長見他一走進來，便向他介紹道：「這位便是夏木拉司公爵。」

夫麥勒便對公爵彎了彎腰道：「久仰大名，今天很榮幸能夠拜識爵爺，不過我們今天可不是為了有快活的事情而歡聚的，高來麥汀的珍藏，誰都知道是世上罕有的寶物，如今一旦被竊，全法蘭西的人士誰不為之震驚呢？……但我們仍得想法子把它們奪回來才是。」

公爵當即也起立致敬。

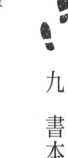

夫麥勒搓著手問警長：「你老人家已看過一切了，那樣子可像行竊的嗎？」

警長道：「不錯，確是行竊的樣子，只有兩間陳列畫品的房間遭偷兒光顧，其餘的兩間都沒有動，或者寢室裡有首飾等東西失去也不一定。」

公爵插嘴道：「單就這兩個房間而論，為數已經不少，除去那些名畫之外，還有許多世上少有的寶石，和門前掛著的幾幅福來棉希繡幕，都是很珍貴的，現在都已失去，不是太可惜了嗎？」

夫麥勒道：「爵爺對這些東西也很喜歡嗎？」

公爵道：「正是，這些東西，我早已視為己有了，因為高來麥汀先生說過，在我結婚的時候，要把這些東西作為禮物送給我，現在卻都變成泡影了。」

夫麥勒道：「這當然是個重大的損失，而且是出乎意料之外的，可是爵爺盡可放心，這些東西遲早總可以追回來的，室中的一切東西。不知爵爺有沒有移動過？若移動過的話，對於我偵查上的進行難免有些阻礙。」說時便回顧警長道：「警長，請你把這事的詳細情形告訴我。」

警長便把出事的前後情形述說了一遍，夫麥勒道：「依我看來，那守門的夫婦倆難保沒有共犯的嫌疑。」

公爵道：「這怕不見得吧！難道那亞森・羅蘋到處都有黨羽嗎？我一向漫遊在外面，故鄉的事情不甚知道，所以這亞森・羅蘋的底細也不十分明白。」

夫麥勒聽了這句話忙道：「怎麼，這次的事又是亞森・羅蘋幹的嗎？」

公爵道：「正是，我岳父昨天接到一封信，隔不多久，便失去了兩輛最快的汽車，你瞧！牆上不寫著亞森・羅蘋四字嗎？」

夫麥勒皺眉道：「亞森・羅蘋這人在法蘭西差不多沒有一個不知道，他實在是我們偵探界裡的一個勁敵，我一聽到他的名字，頭就發痛起來，他行竊的手段實在太驚人了。」

公爵道：「那偵探長苟及特來時，總能想個方法出來。」

夫麥勒搖搖頭道：「為什麼要去叫苟及特來，他生平最怕的便是亞森・羅蘋，他來了又有什麼用處呢？」

公爵道：「這是我岳父的意見，他在我臨行時曾囑咐我，如果東西已經被盜了，便可去請苟及特來相助，要是違反他的意思，他老人家心中會不高興的，所以我已打電話到總署裡去了。」

夫麥勒連連搖頭道：「不對，不對，請他有什麼用處？有什麼用處？」

公爵道：「他的為人能幹於否，我完全不知道，我之所以要請他，只不過是遵守高來麥汀先生的囑咐罷了。」

夫麥勒見他堅持要請苟及特，便不悅道：「那好吧！爵爺的事，我沒資格說什麼。」說時走到窗口，對梯子望了望，又對著花園裡看著低聲道：「亞森・羅蘋！你行竊的本領真叫人佩服，偷了人家的東西，絲毫的痕跡都沒有留下，竟使人瞧不出你的來去蹤跡，有誰知道你到底從什麼地方出入的呢？」

警長道：「這個很容易知道，你瞧一瞧這窗子就明白了。」

夫麥勒道：「不錯，照這裡看來，那賊是由窗中出入的。」說時又走到一只大鐵櫥前，把櫥門上的絨幕拉在一邊，用手一旋那握柄，卻不能轉動，原來那扇櫥門是鎖著的，便道：「這櫥門倒還沒有開過。」

公爵道：「那也是很僥倖的事情，因為高來麥汀先生大半的寶物都放在這個櫥內，最珍貴的乃是一頂王冠。」

夫麥勒道：「就是那著名的蘭白而公主冠冕嗎？」

公爵道：「不錯，但亞森・羅蘋的來信上曾經提及此冠冕，他平素行事，是說什麼做什麼的，他既對這頂王冠起了覬覦之心，哪有遺漏之理。」

夫麥勒道：「這屋子是誰在這裡看守的？」

警長道：「這裡只有一對守門的夫妻和一個女管家宛克杜住著，沒有其他的人了。」

夫麥勒道：「我需要把那守門的夫妻倆叫來盤問一下，剛才你們不是說他倆身上都綁著繩子嗎？」

警長道：「是的，他們身上綁著藍色的繩子，嘴裡又塞著黃色的布，這兩件東西的顏色，我在出事的人家那裡見得多了，想是亞森・羅蘋帶來的。」

夫麥勒道：「那女管家宛克杜在哪裡？我也要見她。」

警長道：「她嗎？我們找了好久，總找不到，不知道她躲到什麼地方去了。」

夫麥勒道：「你們還沒有找到她嗎？」

警長道：「我們早已尋了好久，偌大一個別墅，我們幾乎都找遍了，但總不見她的蹤影。」

夫麥勒得意地道：「現在我已發現一個賊黨了，那個女管家宛克杜，一定是亞森・羅蘋的同黨，我敢斷定。」

公爵道：「這個我卻不信，因為我的岳父和未婚妻向來是很信任她的，昨天下午，她還打電話到夏木拉司公爵邸中來，報告巴黎親友們送來的禮物，什麼金銀首飾都有，我的未婚妻還託她代為保存呢！」

夫麥勒道：「那麼那些禮物也被亞森・羅蘋偷去了嗎？」

警長道：「大概沒有動過，不過我們不能十分明瞭其中的底細，當然不能說些什麼正確的話來，要知道一切，除非等高來麥汀自己到來，把宅中的東西細細的檢點一下，才能知道。」

夫麥勒道：「那女管家究竟在哪裡，倘若她不是賊黨的話，也可能被禁閉在哪裡，你們要仔細檢查一番才是。」

警長道：「每一個房間的室隅，碗櫥衣櫥裡都已找遍，並不見她呀！」

夫麥勒疑道：「這未免太奇怪了，你們在各處查看，可有什麼血跡或衣服的碎片沒有？」

警長搖頭道：「沒有，沒有血跡和衣服的碎片，什麼也沒有發現。」

夫麥勒連連嚷著怪事，又道：「你且把她臥室裡的情形，以及床上的被褥整齊與否說給我聽聽。」

警長道：「那女管家的房間，是在樓上的最上層，床上的被褥凌亂不堪，像是有人睡過的樣子。」

夫麥勒道：「這確是一件奇事，並且案情複雜，一時難以解決，從今天起，又得絞盡腦汁和那大盜鬥智了。」

公爵道：「荀及特先生為人機敏，而且手腕也極靈活，我想，他必定能在黑暗裡為我們找出一線曙光來的。」

夫麥勒見他又提起了荀及特，不覺皺眉道：「他為人雖然十分幹練，但料事往往將緊要的關節錯過，畢竟他初出茅廬，不能和具有幾十年經驗的我相比。」

公爵聽了，也沒有回答，一眼瞧見地上掉著一本書公爵聽了，也沒有回答，便俯身下去，想把它拾起來，但夫麥勒卻忙阻止道：「別拾，爵爺，這裡一切的東西，暫時先別去移動它，因為這樣在偵探的進行上是有相當助力的。」

他雖然這般說，但公爵早已把書本拾起，目光盯在地毯上，忽然怪叫道：「奇了，奇了。」

夫麥勒忙道：「什麼，又發現了什麼東西嗎？」

公爵道：「你們快瞧，地毯上留著一個腳印，剛才被那本書蓋住了，因而沒被瞧見，現在發現了這個腳印，倒是一個重要的關鍵。」

夫麥勒聽說，連忙走過來察看，果見那地毯上印著一個明顯的白色腳印，皺著眉頭道：「這腳印的顏色，好像是石灰印的，但石灰又是哪裡來的呢？」

公爵道：「我想他們是從花園裡進來的。」

夫麥勒不耐煩地道：「這個當然，他們除了花園裡的一條路，還有什麼地方能夠進來呢？」

公爵向外一指道：「你瞧，那邊花園的盡頭處，有一所未完成的屋子，也許他們是從那裡進來的。」

夫麥勒點點頭道：「正是，他們一定是從這裡進來的，所以鞋底踏有石灰，本來他們行事十分仔細，在離開前把所有的腳印都抹去了，這本書因是湊巧掉在這個腳印上面，所以他們沒有發現到，以致留下了這個線索，雖然一個腳印不能有助於偵探的進行，但先把它量下來，以備不時之需，也未嘗不可。」

說時從身邊取出一根象牙小尺來，對警長道：「警長，我這裡有把尺，請你替我把這腳印量下來，記在小冊子上。」又轉身對公爵道：「你別小看了這把尺，我們當偵探的，卻片刻離不開它。」

這時警長已把腳印的尺寸量了下來，夫麥勒道：「等一會兒，我還得到那間未完成的屋子前去勘察一番，我料那班賊人定在那地方留下很多腳印。」

這當兒，室門忽然開了，走進一個警察來，行了一個軍禮，說道：「檢察官！現在有夏木拉司邸中的幾個下人來到，等長官的吩咐。」

夫麥勒道：「你命他們在廚房等著，不可走動。」

警長答應著去了，夫麥勒靜默了半晌，對公爵問道：「方才我聽說爵爺的邸中失去了兩輛汽車，可有這事嗎？」

公爵道：「有的，高來麥汀一接到亞森・羅蘋的來信，十分慌張，立刻想乘著汽車趕到巴黎來，防備這裡的事變，誰知正要用汽車時，兩輛最快的汽車已經無影無蹤了，司機和一個下人卻被綑在汽車間裡，嘴裡還塞著東西，只剩下一輛一百匹馬力的舊汽車，因此我便乘了這輛舊汽車先趕到巴黎來。」

夫麥勒聽了這話連聲嚷道：「這事倒很重大，那麼除了兩輛汽車之外，可還失去了什麼東西沒有？」

公爵想了一會兒道：「不錯，還有一件東西險些也被偷走，是我瞧見了搶回來的，我且說給你聽。昨天午後，有父子四人到邸中來，他們自稱叫亞路來，說是要買一輛汽車，因為高來麥汀先生在雷納的報紙上，曾登了一則出售汽車的廣告，他們父子四人便藉這個理由假裝來買汽車，這原也是意中的事，恰巧這時高來麥汀先生因事外出，他們便坐在大廳等候，直到我岳父回來後，帶他們到汽車間去看車子，但其中有一個人卻慢吞吞地走著，趁無人注意時，把我在半小時前送給未婚妻的一對珍珠耳環竊去，我看得很清楚，便把他捉住，搜出原贓……」

這時夫麥勒得意地道：「好極了，你能捉得一個賊黨真是太好了，等一下我去把他拷問一下，案情的真相不難明白。」

公爵道：「但十分可惜，我當時沒有把賊黨拘留起來呀！」

夫麥勒驚道：「怎麼，竟被他逃走了嗎？我早說過鄉間的警察毫無用處。」

公爵道：「我告訴你，那時我捉到了這個賊，並沒有交給警察。」

夫麥勒大聲道：「怎麼，你竟放走了那賊徒嗎？」

公爵道：「當時我捉到他，見他年紀很輕，又不像是個慣竊，而且他一被我捉住，便苦苦哀求我放了他，那時我動了善心，暗想贓物既已追回，何苦讓他喪失終生的名譽呢？所以便不去深究，放他走了。」

夫麥勒跺腳道：「公爵，你這樣也算替社會盡義務嗎？」

公爵辯解道：「夫麥勒先生，惻隱之心，人皆有之，我當時瞧他的樣子委實可憐，所以放了他，現在事情既已弄大，他又不知道到哪裡去了，懊悔也無濟於事，還要埋怨我做什麼呢？」

這時夫麥勒交叉著兩手，在室內往來踱著，忽而揮手道：「依我看來，那夏木拉司邸中的竊案，至少和這裡有連帶關係，我把雙方一同研究了一下，覺得裡面有個線索可循。」說時轉向警長道：「你去把守門的夫婦倆叫來，我要問他們一些話。」

警長答應著去後，夫麥勒又沉思苦想起來，公爵道：「這事倒很有趣。」

夫麥勒搖著頭道：「確實有趣。」

不一會，警長已把那守門的夫婦叫來，又把一張紙交給他，夫麥勒接過看了看，又望著那夫婦倆，見一個是六十歲左右的有鬚男子，一個是五十五歲左右的老婆子，二人都現驚慌的樣子，夫麥勒問道：「你們碰見了賊人，受了什麼苦沒有？」

守門的答道：「沒有，他們只把我們綑了個結實，另外暴力的舉動倒是沒有，可是也夠受了，我們好好地睡在那裡，卻被那廝們弄得動彈不得，連聲音也哼不出來，整整受了一夜活罪。」

夫麥勒道：「你不是說被他逼著下床的嗎？那麼你可曾瞧清楚他們的面貌？」

守門的道：「哪能瞧見他們的面貌，我們被他綁得緊緊地，既不能瞧也不能喊。」

那老婆子道：「最可恨的就是口裡塞著東西，簡直連氣也透不過來。」

夫麥勒道：「你們在事情發生之前，可曾聽得花園裡有什麼聲響？」

守門的道：「我們的臥室離花園很遠，無論什麼聲音都聽不到的。」

那老婆子又插嘴說：「先生，別說腳步聲了，從前我們的歐曼小姐養著一頭大丹狗，終夜叫個不停，我們倆卻從沒有聽到過，因為我們的臥室離花園很遠，加上我倆睡意又濃，哪能聽到這些小的聲音呢？」

這時公爵悄悄地對警長道：「他們既這般好睡，那賊人為什麼還要綁住他們，多費手腳呢？」

警長笑道：「好睡是下人們的通病，賊人哪能顧到這層呢？」

夫麥勒又想了一會道：「那晚大門上你有沒有聽到什麼聲響？」

「一點也沒有。」

夫麥勒又道：「那麼整整一夜，都沒有聽到任何聲音嗎？」

守門的道：「在我們被綁住之後，才聽到一些。」

夫麥勒忙問道：「什麼聲音，快說，這是很關緊要的。」

守門的道：「只聽到紊亂的腳步聲。」

夫麥勒道：「聲音在什麼地方？」

守門的道：「在我們上面的一間大客室裡，聽得很清楚的。」

夫麥勒道：「除了腳步聲之外，可有什麼廝打聲或呼救聲，或是其他特別的聲音嗎？」

守門的看了看老婆子道：「不……沒有其他的聲音了。」

老婆子也道：「我也只聽見腳步聲。」

夫麥勒想了一會兒，又問道：「你在高來麥汀先生家裡服侍幾年了？」

守門的答道：「不很久，只有一年多。」

夫麥勒瞧了瞧手裡的那張紙，大聲道：

「哼！朋友，我認識你，你以前曾犯過兩次案件……」

守門的忙道：「不錯，先生，我確是有的。」

那老婆子忙分辯道：「不，先生，我丈夫是安分守己的人，從沒有犯罪過，你可以去問問我的主人高來麥汀先生。」

夫麥勒道：「你且不要多講。」又對守門的道：「你第一次犯罪是監禁了一天，又罰了些銀錢，第二是是監禁三天，不是嗎？」

守門的道：「不錯，確有其事，我做事從不說謊的，要知我這兩次犯罪，非但沒有損失我的人格，並且還增加不少光榮。」

夫麥勒道：「犯罪還有光榮嗎？」

守門的道：「我且講給你聽，我第一次犯罪，是五月一日，那天在街上高呼著『同盟罷工萬歲』被捉進去拘留了一天。」

夫麥勒道：「那時你在哪裡工作？」

守門的道：「那時我正替社會黨首領龔列斯當侍者。」

夫麥勒道：「那麼第二次犯的是什麼罪？」

守門的道：「第二次是在聖格耳的爾達禮拜堂大呼『與萬惡的警察同歸於盡』的口號，又被捉去監禁了三天。」

夫麥勒道：「那時你又在什麼地方工作？」

答道：「那時我在王黨委員波塞拉蒲丁家中當僕人。」

夫麥勒道：「那麼你對主人的情感怎樣？」

守門的道：「我既做了人家僕人，當然盡心服侍主人，做個忠僕呀！」

夫麥勒道：「很好，你們出去吧！」

他們夫婦倆彼此看了一下，便鞠躬退去。

夫麥勒道：「他倆說的看來都是實話，沒有作偽。」

公爵道：「我也認為他們是忠心的僕人，不會說謊。」

夫麥勒道：「現在讓我去瞧瞧另外的房間，也許可以得到一些線索也說不定。」公爵道：「我和你一同去，行嗎？」

夫麥勒道：「很好，你不妨和我同去。」於是他倆便一同出去了。

十 共犯

當下夫麥勒命令一個警察把守大廳門口，自己和公爵二人一同去搜查每個房間，很仔細地查看著，宛如獵犬搜尋野獸一般。

到了宛克杜的房間裡，格外注意起來，無論什麼細小的地方，都巡視過一遍，但仍無發現宛克杜的蹤跡，又不見一點血跡，要說她是亞森•羅蘋的賊黨，卻無從證明，把那個夫麥勒弄得左右為難，毫無頭緒。

他把各處室搜查完畢後，便向花園裡走去，架在那窗口的梯子下，卻有著幾個腳印，因為地上的草很短，加之昨晚又下雨，泥土鬆軟，所以印著的腳印十分清楚。

夫麥勒依著腳印走去，直到花園盡頭處，那所未完成的屋子前，只見木架下面堆著一大塊石灰，預備砌到牆上去的，那裏就發現許多腳印，但雜亂得很，不能瞧清楚完整的腳印，夫麥勒見了這個情形，當然無法可想了。

正呆呆地望著那石灰堆中的腳印時，忽然別墅的二樓，有一個人從樓梯上走下來，瞧這人的年紀約有四十多歲，面貌也很平凡，只有兩眼中微露鋒芒，不能和常人相比，裝束也沒有什麼特異，原來他就是警察總署的偵探長，亞森・羅蘋的勁敵，鼎鼎大名的偵探長苟及特先生。

把守在大客室門口的那個警察見了他便行了一個禮，說道：「先生來了，可要我去通知夫麥勒先生嗎？」

苟及特擺擺手應道：「我是無關緊要的，他們做他們的事，我行我的事，去通報什麼呢。」

警察道：「但最好是去通報他一下，苟及特先生，來……」

苟及特仍道：「你何苦這樣多事呢？要知道在這裡大部分的範圍，都是夫麥勒的，我只能當一個副手呀！」

說時已走進大客室，舉目四下瞧一遍，便低下頭，現出思索的神情來，警察又在旁邊說道：「現在夫麥勒先生大概在搜查女管家宛克杜的房間，先生可要我引導你前去？」

苟及特道：「不用勞煩你，我才從那邊來的呢！」

警察露著微笑說：「苟及特先生，巴黎的偵探和天上的星斗一樣多，可是出類拔萃的卻很少，像先生這樣的人物，真是無人能比得上呀！」

荀及特微笑著說道：「朋友，你心裡佩服我，何必非要從口裡說出來呢？」說時慢吞吞地踱著向窗前去。

警察隨後也跟了過去，用力攀住了架在窗子上的梯子，說：「先生，這梯子你看過了沒有？恐怕賊黨是從這架梯子上出入的呢！」

荀及特道：「多謝你的指示。」

那警察又拍著跨在窗檻上的桌子道：「這桌子放在這裡，又是什麼意思呢？」

荀及特道：「哦，這的確很令人費解。」

警察道：「據他們的推測，認為這不是亞森・羅蘋幹下的，就是那封信和壁上的署名，都是別人冒寫的。」

荀及特道：「喔，他們竟這麼猜測嗎？」

警察道：「是的，先生，可要我幫助你嗎？」

荀及特道：「多謝你，不必你幫忙，你去看守室門吧！這裡除了夫麥勒和波納溫、大塞等幾個人，其餘的都不許他們進來。」

警察道：「知道了，但夏木拉司公爵可允許他進來嗎？他對這件案子抱著很濃厚的興趣呀！」

荀及特道：「那麼讓他進來也無妨。」

警察答應著去後，荀及特便轉動著他的兩顆眼珠，閃電似的向四下裡瞧著，牆上亞森・羅蘋的署名，窗外靠著的梯子都很仔細地瞧著，又把地毯上的白腳印量了長短，再從這裡走到窗前，推測距離的長短，走了一遍，似乎不大近理，便又把中間的距離量了一下，再向窗外凝目注視了一回，眼光也稍微暗了些，想是在苦苦地思索。

不一會，才打定主意，從窗前回來，舉目向四周巡視一遍，立刻注意到一邊的壁爐，便蹲著爬過去，在爐旁查看了一會兒，隨即站起身來，臉上露著得意的神色。

又走到室中的盡頭處，把顯微鏡放在地毯上觀察了幾分鐘，又再次走到窗前，看那破舊的窗板。

過一會兒，他燃著一支雪茄，靠在窗上細細地想著案情的經過，足足想了有十分鐘之久。

忽然樓梯上有了腳步聲，接著又是談笑聲，荀及特一聽得這聲音，急忙跳上窗外的梯子，沿著下去，頭也不回地走了。

這裡門開處，夫麥勒、夏木拉司公爵和警長三人走了進來，夫麥勒把室內四周看了一遍，便驚異地對守門的警察道：「你說荀及特先生在這裡，怎麼沒有見到他？」

警察詫異道：「方才他明明還在這裡的，想必又到什麼地方去了，這人實在太奇怪了。」

夫麥勒驕傲地道：「我料他定是從梯子上下去，到那邊去瞧花園裡的屋子去了，可是他已經落在我們之後，他能發現的東西，我們早已瞧見了呀！」

公爵道：「這個倒也難說，我們沒有發現的事物還多著呢！他到那裡去視察，也許能比我們多些發現也說不定。」

夫麥勒大聲道：「哪裡，哪裡，憑他能有多少智力，能發現我們瞧不見的東西?!」說完便哈哈大笑起來。又道：「照我幾方面推測的結果，確定這案子一定不是亞森・羅蘋所做，因為亞森・羅蘋行竊的手段，比這還要高明上數倍咧！」

警長道：「我正是這麼推測，只有那苟及特一口斷定是亞森・羅蘋做下的，要知他心裡只有一個勁敵亞森・羅蘋，無論什麼時候也忘不了他，所以開口閉口總說著亞森・羅蘋這個名字。」

公爵道：「但他有沒有把亞森・羅蘋拿住過呢?」

夫麥勒道：「沒有，他想拿住亞森・羅蘋，簡直比要拿下一個太陽還難。」

說完又踱了幾步，繼續說道：「這案子的真相，我已想通大半，宛克杜的失蹤很容易明白，她定是賊黨的一分子，作為惡賊的內線，她行事倒很技巧，她昨晚根本沒有睡過，卻把自己的被褥弄亂，使人以為她是被賊人劫去了，我們要明白案情的真正底細，只要捉到宛克杜，便一切都明白了，我決定把這話等高來麥汀來時告訴他。」

公爵道：「你能確定宛克杜真是賊黨？」

夫麥勒道：「我敢斷定她是賊黨，不會錯的，我們可以再去搜查她的臥房。」

這時忽然有人從窗口探頭進來說道：「夫麥勒先生，這個可以不必再勞駕了。」

夫麥勒往那邊一瞧，喃喃地道：「荀及特嗎？你怎麼也來了。」

荀及特道：「正是，這不是你想得到的事？」說完便從窗檻上面跳了進來，和夫麥勒握了握手，又對警長點點頭，再瞧著公爵，現出稀奇的眼光來。

夫麥勒似乎明白了荀及特的意思，說道：「我來替你們介紹吧，這是警察總署的偵探長荀及特，這是夏木拉司公爵。」

公爵連忙和荀及特握手，很快活地說了些客套話，荀及特正想說話時，卻被夫麥勒插進來道：「荀及特，你剛才在梯子上做什麼？」

荀及特道：「不做什麼，不過在偷聽你們的談話，我無論辦什麼案件，總是喜歡偷聽人家的談話，這對我辦案是很有助益的，夫麥勒先生，你發表的議論，我很認同。」

夫麥勒驕傲地彎彎腰。

荀及特又說：「不過，並不是完全贊同。」

夫麥勒道：「可是宛克杜的事嗎？我且對你說，我早已仔細查過，找遍了她的臥室，也找不到她的影子。」

荀及特道：「那裡我也去檢查過了，依我的推測，宛克杜絕不是賊人的同黨，一定是被他們幽禁在哪裡了。」

正說時，室門開了，波納溫拿了一塊破布走了進來，對夫麥勒行了一個禮說道：「這塊破布是我剛才在花園盡頭的井旁撿到的，據守門的妻子說，這是宛克杜裙子上扯下來的。」

夫麥勒跳起來道：「糟了，難道那賊人把宛克杜拋下井裡去了嗎？我們快到井邊去看看，或者叫一個人下井去打撈屍體。」說完，急急轉身想走。

荀及特道：「你想在井裡找到宛克杜嗎？恐怕你把那口井翻了身也找不到她的蹤影。」

夫麥勒聽他這麼說，便把手裡拿的一片破布遞給荀及特道：「那麼這布片在井旁發現，不是一個證明嗎？」

荀及特道：「不錯，布片是個證據，夏木拉司公爵，這裡有沒有養貓狗，想爵爺是高來麥汀的未來夫婿，總能知道他家裡的情形。」

夫麥勒道：「這算什麼話，你怎麼竟會想到貓狗身上去呢？」

公爵道：「這裡真的有一隻貓，剛才我好像在守門的室中看見過。」

荀及特正色道：「那這布片是被貓銜到井旁去的。」

夫麥勒冷笑道：「這種見識真太幼稚了，要知道這案子是連帶有謀殺案的，怎麼可以隨隨便便地懷疑到畜牲身上去呢？」

荀及特仍鎮靜地道：「你別這樣說，我料那宛克杜絕沒有被害。」

夫麥勒道：「我不相信，這話從何說起。」

荀及特道：「我敢斷定她絕沒有被害死。」

夫麥勒道：「這話當真嗎？」

荀及特道：「誰在開玩笑。」

夫麥勒道：「那麼她無端失蹤的原因，請你說給大家聽聽。」

荀及特道：「這個我卻不願意說明。」

夫麥勒大聲道：「荀及特，那宛克杜到底在什麼地方？現在你可以告訴我們，你究竟有沒有看見過她？」

荀及特說：「我當然見過她了。」

夫麥勒見他仍是吞吞吐吐，不肯實說，只得緩和語氣求道：「請你爽快說出來吧！你到底見過她沒有？」

荀及特道：「我當真見過她了。」

夫麥勒驚道：「你在什麼時候見過她？」

荀及特遲疑了一會兒才說：「大約在三四分鐘之前。」

夫麥勒大喝道：「呸！你在騙誰呀，要是在這室內，我們這許多人又不是瞎子，怎會瞧不見她呢？」

荀及特道：「說得很對，你們這些人正和瞎子一樣。」

夫麥勒怒道：「你既然把我們比做是盲人，那我問你，宛克杜到底在哪裡？」

荀及特說：「我被你這樣逼問，哪裡還能說出來？」

夫麥勒道：「別多講了，宛克杜到底在哪裡？」

荀及道說：「她仍在這屋裡呀！」

夫麥勒跳起來道：「你說什麼？」

荀及特道：「若你不相信，那麼請你到這裡來看吧！」

說時走到火爐旁邊，把縛著的幾把椅子推開，又把蔽火的圍屏拉去，果見爐底下鋪著一條被子，上面睡著一個肥大的中年婦人，嘴裡塞滿了黃布，手上和腳上都綁著藍色的繩子，還在睡夢中咧。

荀及特走過去，在地上拾起一條手帕，放在鼻子邊聞了聞道：「她之所以這樣沉睡，是中了別人的麻醉劑，這條手帕還留著麻醉劑的餘味。」

眾人聽了這些話，都呆呆地瞧著，夫麥勒和宛克杜，不發一言。

荀及特道：「這婦人我們得把她扶起來才是，瞧她的身材，重量一定可觀，警長和波納溫快來幫我扶她一把。」

於是警長和波納溫幫著荀及特把婦人扶了起來，放在一張臥榻上。

夫麥勒見他發現了宛克杜，心裡老不大自然起來，便埋怨警長道：「警長，你怎麼這般疏忽，竟連火爐底下也不檢查一下，真是太大意了。」

警長喃喃地說：「請原諒，方才我確實沒有想到。」

夫麥勒仍道：「這樣疏忽，怎能辦重大的事情，今天絕不能原諒你。」

荀及特道：「這可不能完全責怪警長，你自己也太疏忽了呀！」

夫麥勒毫不思索地道：「她睡在火爐裡，外面又圍著屏風，我怎能瞧見她。」

荀及特道：「只要趴在地上就可以瞧見她了，因為她身子比被子長，所以兩腳還露在外面。」

夫麥勒無話可說，只得說道：「這屏風多討厭，竟把她遮蔽得一點也瞧不出。」

說時，裝著怒色瞧著榻上的宛克杜，皺著眉道：

「如今她被發現，我之前所推測的理論又須完全打消，重頭想新的對策，就是那個白腳印，如今看來也沒什麼要緊了。荀及特先生，你的意思不是和我一樣的嗎？」

荀及特道：「依我看來，這白腳印倒是很有關係。」

夫麥勒道：「你很注意這白腳印嗎？」

荀及特道：「我自有我的想法。」

夫麥勒仍是一味冷冷笑著，似乎不信荀及特會有完美的計畫，說：「哦，我知道了，你要去捉那亞森‧羅蘋，可不是嗎？」

公爵見他們二人互相譏諷，口中喃喃地道：「這樣子倒很有趣。」

夫麥勒道：「現在我對這案子還得重整旗鼓，另找出路，總須達到最後的目的方止。」

公爵聽他這麼說，便冷嘲熱諷地向荀及特道：「荀及特先生，凡是好漢做事，總是這樣的，你看是不是？」

荀及特聽了，微露笑容，沒有說什麼，只是兩眼向花園盡頭的那所屋子望著。那裡有兩個工人正在搬運磚石，上梯下梯很是忙碌，正呆呆地瞧看時，夫麥勒發言說：「在這婦人未清醒前，我們總難得到線索，等她醒後，我再細細地盤問她，也許能得到什麼線索，現在且把她抬到臥室裡去。」

於是波納溫和兩名警長把宛克杜抬了出去。

行了。」

夫麥勒便低頭思索起來，一面說道：「現在又得重整我的腦袋，想想該怎麼著手進

公爵和荀及特都不聲不響地瞧著他。

荀及特看了他幾分鐘，便轉身出去了。

公爵摸了摸自己的口袋，故意說道：「我的香菸呢？」說完也匆匆地走出門去，走到扶梯上面，對荀及特道：

「荀及特先生，我對你的偵查覺得很有趣，我想和你同去，你能允許我嗎？夫麥勒先生的偵探，我已領略過了，現在倒要瞧瞧你的本領了。」

荀及特說：「很好，我也有話要請問你，本想請夫麥勒一同來聽，不過他……」

公爵道：「他正思索方法應付未來，何苦去打擾他呢？」

荀及特便和公爵一同開了門，走向花園裡去了。

十一 檢點失物

公爵和荀及特在花園裡走了約莫二十碼光景，便一同站住了。荀及特便開始向公爵盤問起來，其中以亞路來的動態，和汽車失竊的情形問得特別仔細，公爵也照實一句句地回答他，又道：「依我看來，那亞路來和亞森・羅蘋不像是同一個人。」

荀及特道：「這倒不能武斷下結論，因他的化裝本領實在可以使人真假莫辨，我的同事甘聶瑪曾有好多次遇到他，但他化裝得連面貌也改變過了，所以總沒有識破他，甘聶瑪說他本是個名伶出身，曾經轟動過一時，化裝本領是他拿手好戲，如今他做了賊，當然使人認不出他的本來面目，但任他怎樣變化，總不能逃過我的眼睛，終必會被我捉住的。」

公爵聞言道：「不錯，那亞森・羅蘋如今遇到你了，須得機警些才是，否則是很危險的。」

苟及特道：「話雖不錯，但他是一個冒險家，想做什麼便做什麼，不管什麼危險不危險，就是今天這件案子，我還疑心他正混在高來麥汀一家人中呢！」

公爵質疑道：「他既已盜走了汽車，還混在高來麥汀家中做什麼呢？」

苟及特道：「不是這麼說的，我料那亞路來一定不是亞森・羅蘋的化身，不過是他的同黨罷了，因為像這種偷汽車的小事，他絕不肯親自去動手的。爵爺，高來麥汀中所有的家丁姓名，請你一一地告訴我，因為恐怕有賊黨混雜在裡面。」

於是公爵便把知道的幾個下人姓名報了出來，又道：「你要捉住亞森・羅蘋，可是樁難事，因為他的本領太大了，神出鬼沒，有很多的偵探都不能捉住他。」

苟及特道：「但我卻捉住過他兩次，卻被我的同事甘聶瑪所阻，第一次曾把他監禁過幾天，但在不知不覺中被人代替了出去，到了上法庭聽訊時，已經不是他本人了，警署也無法可想，只得把那代替的人放走。

「第二次就是藍色鑽石一案，是甘聶瑪把他捉到的，像他這種狡猾地像狐狸的賊，已可說得上『厲害』二字，但一入情網，卻也會沉迷不悟的，亞森・羅蘋唯一弱點，便是好色，那甘聶瑪和福爾摩斯素知他的短處，所以用盡各種方法不能使他上鉤，最後才使了一條美人計。」

公爵道：「美人計確是一個妙法。」

荷及特道：「當然咧，用了美人計，便不怕他服服貼貼地來自投羅網，最後那藍色寶石案被福爾摩斯偵破，亞森・羅蘋也被甘聶瑪所捕獲，但是抓到不過十分鐘，仍是被他逃得無影無蹤。」

公爵道：「那麼那個美人後來怎樣了。」

荷及特道：「這我可不知詳情，聽說已經死去。」

公爵道：「這未免太殘忍了，好好的一個美貌女郎，把她配給一個大盜，到最後仍無得到一些好處，不是太可惜了嗎？」

荷及特道：「老實告訴你，我現在也預備重施故伎，私下已經出了好幾千法郎的巨款，徵求一個美貌的女子，去和亞森・羅蘋結識。」

公爵笑道：「你也預備用這個方法去捉亞森・羅蘋嗎？」

荷及特道：「正是，那個萬惡的大盜亞森・羅蘋，總有一次會被我捉到，供我取笑，到那時……」

說到這裡，咬緊了牙齒，不再說下去。

公爵道：「聽你這麼說，最後亞森・羅蘋必定要被你捉住囉？」

荷及特道：「這個自然，只要我荷及特一日在世，絕不肯饒了他，現在你先跟我來。」

說完，便走過草地，到那擱梯子的窗下隨意地看了一眼，又沿著一條小徑走去，跨過一個門口，走到那正在建築的新屋下面，瞧了一回，遂又向右走到街上，對那新屋的正面仔細地望著。

停了好一會，才對公爵說道：「好了，我們進去吧，這裡的東西，我已完全看過了。」

於是二人回到屋中，到了樓上，夫麥勒一見他倆進來，便道：「我要到附近探聽一下，因為賊人偷了東西，一定用車子裝載的，而且這麼多的東西，車子一定不小，兩旁的鄰居總不會一個也沒看到，波納溫，你到街上去查問一下，那街名我記不起來了。」

荀及特道：「叫蘇羅街，我早已派大塞到街上去盤問，在一點鐘前，有沒有車子在屋子前面停過。」

夫麥勒道：「那就好，我們等大塞回來，得了他的回音，便容易擬定進行的方針了。」

這時荀及特和公爵對坐著在吸菸，大家默不作聲，夫麥勒靜默了片刻，揮揮手道：「荀及特，外面的許多腳印，你看見了嗎？」

荀及特道：「哦，有的，我的確看到有許多足印。」

夫麥勒冷笑道：「你看這可是亞森・羅蘋的腳印？」

荀及特搖搖頭道：「不，這些腳印並不是亞森・羅蘋留下的。」

夫麥勒得意地道：「對了，你的意見到底和我相同，你也認為這案子不是亞森・羅蘋做的嗎？」

荀及特婉言答道：「這倒不是，我早說過這案子一定是亞森・羅蘋幹的，我說話素來不會改變的，凡事都是有了把握才說出口來的。」

正說時，大門上有了敲門聲，接著樓梯上響起一片談話聲，同時會客室的門打開了，進來的是高來麥汀。

他向四周望了一望，舉拳向天花板一擊，怒道：「惡賊，萬惡的強盜！」說完便氣喘喘地走到一張躺椅裡坐下，放聲大哭起來。

不多時，歐曼和沙妮亞也隨著進來了，公爵連忙起身相迎，歐曼拉住她的父親道：「父親，別老是這樣哭嘛，丟些東西有什麼大不了的，要這樣傷心呢？像你這樣大的年紀，不怕別人笑話嗎？」

說時緊皺著眉心，回身對公爵說：「埃克，你不應該這樣作弄人家，晚上八點四十五分明明沒有火車，你卻說有，害得我們上了你的大當，冒著風雨上火車站去空跑一趟，你不以為意嗎？」

公爵詫異道：「歐曼，你說什麼？那火車時刻表上不是明明寫著八點四十五分有火車開的嗎？」

歐曼道：「那火車表不是今年的，你竟然把它拿來和我們開玩笑，你太過分了。」

公爵正色道：「我真的不是有意和你開玩笑的，因為在我把香菸匣放進抽屜裡去時，無意中見了那張火車時刻表，不過那時我沒有留心它是哪一年的，所以才造成了這次的大笑話。」

沙妮亞插嘴道：「我就說這是爵爺無意弄錯的，絕不會作弄我們的。」

公爵見她說話，便回頭來對她笑了笑。

歐曼道：「埃克，你可不能怨我錯怪了你，因為是你一時弄錯了，才使我們飽嚐風雨的苦楚。」

這時高來麥汀站了起來，帶哭地說道：「我的名畫、古玩，還有那只英國攝政時代的大櫃到哪裡去了呢？這些東西現在不可多得，至少值十五萬法郎。」

夫麥勒迎上去道：「高來麥汀先生，你失去了這許多東西，當然是件痛心的事，現在讓我自己介紹，敝人便是檢察官夫麥勒。」

高來麥汀慘然道：「這種大禍降臨到我的頭上，怎不叫人痛心呢？」

夫麥勒道：「你也不要太傷心了，東西既已失去，只有想偵破的方法了，說不定過些時候，我們會把你的寶物都追回來的。」

高來麥汀聽了這些話，才露出歡喜的神色對夫麥勒瞧了瞧。

夫麥勒又道：「你總算不幸中的大幸，因為那頂價值連城的蘭白而公主冠冕沒有被他盜去，這不是很幸運的事嗎？」

高來麥汀這才吐了一口氣道：「總算還好，那頂王冠是放在我臥室裡的一隻大鐵箱裡，那鎖只有兩把鑰匙，一把鎖在鐵箱裡面，一把我帶在身邊。」說時便摸出一個鑰匙來。

夫麥勒道：「那就沒關係了，那頂王冠定可免遭失竊無疑。」

高來麥汀道：「你倒還說出這種安心話來，雖然那頂王冠沒有失去，但那些名畫古玩都是些稀有的東西，現在都失去了，宛如挖了我的心一般，我正痛苦的很呢！」

十二　珍珠耳環

這時室內的人都默默地不發一言，大家圍住高來麥汀，但那胖富翁高來麥汀卻放大了喉嚨，罵個不休。

一旁的沙妮亞已經聽得不耐煩了，便悄悄地立起身來，向室外走去，公爵見她一動，便旋過身來向她笑了笑。

夫麥勒走到高來麥汀身旁說道：「高來麥汀先生，請你忍耐一些時日，我相信在不久的將來，定能把你的失物找回來，不缺一件，不過目前你得忍耐一下子才是。」

高來麥汀聽了這番話，才安心了些，怒氣也平息了下去，開口道：「荀及特來了嗎？」

於是夫麥勒替荀及特介紹了一下，高來麥汀對荀及特望了望道：「你偵探那些賊黨，可有什麼線索了？」

夫麥勒回答道：「我們正在進行的當兒，不過略有些線索罷了。」

夫麥勒便對高來麥汀詢問亞路來偷車的事，最後又問：「那麼你家中除了失去汽車之外，可還丟失了什麼東西嗎？」

高來麥汀說：「在三年前……」

夫麥勒不等他說完，便道：「嗯，三年前的事我已經知道了，我問的是在那次事件後，可還失去什麼東西？」

高來麥汀道：「在那之後，我雖沒有失去什麼東西，但我女兒卻丟了不少東西。」

夫麥勒道：「令嬡時常失竊東西嗎？」

歐曼接口道：「是的，這三年我丟失了很多東西，並且有三四次之多。」

夫麥勒搓著手道：「哦，那麼當時你為什麼不報警呢？還有那女管家宛克杜，小姐對她可有懷疑嗎？」

歐曼道：「那倒用不著去疑心宛克杜，因為前幾次的失竊，都在夏木拉司公爵邸第，那時宛克杜在巴黎看守著別墅，兩處相隔有幾百里，怎會來偷我的東西呢？」

夫麥勒聽她說完，便摸出一張紙來，說道：「很好，你報告的，正和我猜測的一樣。」

高來麥汀問：「你怎麼猜測的？」

夫麥勒道：「這個且慢。」又對歐曼道：「小姐，你的失竊是在三年前才發生的嗎？」

歐曼道：「是的，三年前的八月開始，陸陸續續便有東西不見了。」

夫麥勒聞言道：「三年前的八月，不就是令尊接到亞森・羅蘋的信被竊之後嗎？」

高來麥汀道：「正是，那強盜真是可惡！」

夫麥勒道：「那我問你，在三年前，你府上用的下人是哪一個呢？」

歐曼道：「那時宛杜克已來了一年多，另外也不用什麼下人。」

夫麥勒道：「那時宛克杜已在府上工作一年多了嗎？那請告訴我，第一次丟的是什麼東西？」

歐曼說：「第一次掉的是一只珍珠胸針，那珠子和昨天公爵送給我的那對珍珠耳環上的完全不同。」

夫麥勒道：「那麼那副珍珠耳環可以給我看一看嗎？」

歐曼轉身對公爵道：「埃克，那對珍珠耳環是你帶著的嗎？快拿給這先生看看。」

公爵見她問珍珠耳環，很奇怪地道：「我並沒有把珍珠耳環拿來呀！」

歐曼道：「那太希奇了，我也只帶一只空匣子來。」

公爵急道：「那麼那對珍珠耳環到哪裡去了呢？」

歐曼道：「誰知道呢？昨晚我們上火車站去空跑了一趟回來後，我忽然想起那對珍珠耳環，便到櫃上去取，但是只剩下一只空匣子，裡面卻沒有東西了。」

夫麥勒插嘴道：「爵爺，你捉住勃南德的時候，那匣子可在他的手裡？」

公爵道：「不，那匣子是從他袋裡搜出來的。」

夫麥勒道：「我料那小賊狡猾得很，你捉住他的時候，他已在暗中把耳環取出，只把一只空匣子還你，你卻上了他的當。」

公爵說：「不對，我放那小賊走的時候，原也想到這一層，所以把匣子打開來看過，那耳環分明在那裡面，並沒有被他偷走。」

高來麥汀大呼道：「但現在不見了，不是他偷的，還有誰呢？」

公爵搖搖頭道：「一定不是他偷去的，也許是沙妮亞或優茉帶來了也說不定。」

歐曼道：「不對，這事還是沙妮亞跟我說的，她曾把匣子放到衣袋裡去的。」

公爵道：「既然沙妮亞沒有拿，只有優茉了。」

夫麥勒道：「這個你們且慢爭論，警長！你去把優茉叫來，我要問問她。」

警長答應著去後，公爵便把路上的情形絮絮地問著歐曼，歐曼便一一回答他，二人親密地談了好久，夫麥勒卻低著頭只顧瞧那張紙片，似乎很關心這事，苟及特則呆呆地倚在牆上，似乎像要睡去了。

不一會兒，警長帶著優茱進來，她臉上滿現著驚慌的神色，睜大了兩隻眼睛，不住地向四周瞧看。

歐曼見了，便道：「優茱！我那……」

夫麥勒搶著道：「歐曼小姐，請原諒我，我要先問她一聲。」說完便向優茱道：「優茱小姐，你不必害怕，我要問你一件事情，昨天爵爺送給歐曼小姐的那對珍珠耳環，你有沒有把它帶到巴黎來？」

優茱道：「我不知道什麼珍珠耳環。」

夫麥勒道：「你說的可是真的嗎？」

優茱道：「我怎麼會說謊，我不但沒有拿那對珍珠耳環，連見也沒有見過，我只知道是歐曼小姐放在櫃上的。」

夫麥勒道：「你既沒有瞧見過，怎會知道是歐曼小姐放在櫃上的呢？」

優茱道：「因我曾聽見歐曼小姐說起過，或者那對珍珠耳環被沙妮亞帶在她的行李中也說不定。」

公爵急道：「你的話太不合情理了，沙妮亞小姐怎會擅自把它裝入自己的行李中去呢？」

忽然苟及特跳起來問道：「你怎麼知道是沙妮亞藏的呢？」

優茉道：「因為當我們動身的時候，我見她站在櫃旁，所以這樣猜想。」

夫麥勒道：「那對耳環真的是放在櫃上嗎？」

歐曼道：「的確是放在那裡的。」

大家聽了，都不作一言。

一會兒，苟及特像從睡夢中醒來似的，抖擻精神，公爵和歐曼二人相對默然，都覺得很不舒服。

夫麥勒向優茉問道：「你服侍小姐有多少時間了？」

優茉道：「不很久咧，大約六個月光景。」

夫麥勒道：「好了，你出去吧，多謝你的見告。」

優茉吐了一口氣，立刻出去了。

夫麥勒便在紙片上寫幾個字說道：「現在我要問沙妮亞小姐了。」

公爵道：「不錯，克律其納小姐的確有些令人懷疑。」

歐曼也應應和道：「她很有些嫌疑。」

苟及特問道：「克律其納小姐在你家服侍幾年了？」

歐曼皺了皺眉頭道：「讓我想一想……喔，記起來了，她到我家恰恰三年。」

夫麥勒道：「三年嗎？巧極了，三年前，不正是你父親失竊的開始嗎？」便轉向警長道：「警長！你去喚那沙妮亞來。」

警長答應著正要出去，忽然公爵奪門而出道：「讓我去，我能馬上叫她來。」

荀及特道：「爵爺，這不必勞駕你，由警長去叫吧！」

夫麥勒同意道：「荀及特先生說得很對，爵爺要去叫她，我也大不以為然。」

公爵含怒道：「那麼由你們去吧！我沒有非去不可。」

不一會，警長回來報告道：「克律其納出去還沒有回來。」

夫麥勒道：「你也未免太糊塗了，這屋子既已出了事情，就該禁止這裡的人自由出入，現在已經來不及了，只得罷了。」

說完便向警長做了個眼色，警長忙跑了過來，夫麥勒便低聲道：「你快到她臥室裡去搜查一下，把箱籠什麼都得看過。」

荀及特低聲道：「現在既然已經來不及了，何必多此一舉呢？」

正在這當兒，忽然門開了，沙妮亞走了進來，臉上露著驚詫的神色，向四周瞧了瞧。

公爵見她臉上容光煥發，毫無疲倦的狀態。沙妮亞也向公爵瞥了一眼，四目相接，沙妮亞急忙瞧向別處去。

夫麥勒對她說道：「克律其納小姐，請站過來些，我有話要問你。」

荷及特接著道：「夫麥勒先生，我想先問她幾句。」說完便和聲問道：「克律其納小姐！我本不應冒昧來問你，但昨天公爵送給歐曼小姐的一對珍珠耳環被人偷走了。」

沙妮亞驚聲道：「珍珠耳環被偷了嗎？這事可是當真？」

荷及特道：「這事我們已經查探明白，預料這個賊人不是外人，而且還沒有把贓物運出去，大約總在箱籠之內。」

沙妮亞聽了，說道：「好，我明白了，我的箱子都放在臥室內，鑰匙在這裡。」說時便把臂上的外衣放在椅子裡，從手腕上取下一只皮包來，伸手去取那串鑰匙，恰巧那外衣從椅子上掉了下來，公爵連忙過去拾了起來，伸手向袋裡一摸，手指正觸著一包東西，便把它取出，放進自己的衣袋裡去，仍像沒事的走了開去。

大家都沒有察覺到這個舉動，連那精明的荷及特也沒有注意到。

這時沙妮亞已取出鑰匙，遞給荷及特。

荷及特搖搖頭說：「我並不要搜查你的臥室，你可有另外的行李嗎？」說時，兩眼像電炬一般地注視著沙妮亞。

沙妮亞不覺倒退了幾步，說：「有的，還有箱子，也放在那間臥室裡。」

荀及特道：「你可曾出去過嗎？」

沙妮亞道：「我曾去買過東西。」

荀及特便向夫麥勒道：「夫麥勒先生，我的話已經問完，你允許克律其納小姐出去嗎？」

夫麥勒道：「我沒有什麼話要問了，小姐出去也無妨。」

沙妮亞正轉身想走，忽然荀及特叫住她道：「小姐隨身只帶一只小皮包嗎？」

沙妮亞道：「是的，除此之外，沒有其他東西了，這裡面放著銀錢和手帕。」說時便打開皮包給荀及特看。

荀及特略略看了看道：「這不用查看，哪裡有這樣膽大的人公然把贓物給大家看呢？」

沙妮亞只作沒有聽到，自顧向門外走去，走沒幾步，又轉身走到那張椅子邊取了那件外衣，這時荀及特的眼睛出現怪異的目光，像得到什麼線索似的，立刻站了起來，迎上去伸出手來道：「克律其納小姐，請你見諒。」

沙妮亞道：「多謝你的美意，我現在不用穿這件衣服。」

荀及特指著那件外衣道：「小姐請不要誤會，我的意思是要把這件外衣搜查一下。」

沙妮亞聽了這話，宛如當頭吃了一記棒喝，一手按住衣袋道：「這裡並沒有什麼東西，要查它做什麼呢？」

荀及特道：「小姐，請讓我過目一下，這是我們偵探的職責。」

公爵也接著道：「不錯，克律其納小姐，你給他看一下吧！」

沙妮亞眼瞧著公爵，似乎含著恐怖的神情，發抖地道：「是的，但……」

公爵道：「給他們瞧瞧有什麼關係呢？你盡可放心，不用遲疑。」

沙妮亞便把外衣放下，荀及特很得意地伸手向袋裡摸著，突然變了臉色，把手伸了出來，連聲嚷道：「這就奇怪了，怎麼會沒有東西呢？」

說時兩眼瞪著自己的空手，連嚷著奇怪，過了一會才勉強笑道：「克律其納小姐，請你原諒我，我萬分的抱歉。」

沙妮亞取了外衣，轉身就走，走到門口，忽然身子搖擺不定，像要跌倒的樣子，公爵連忙過去把她抱住，關心道：「小姐，你身子不舒服嗎？」

沙妮亞低聲道：「多謝你扶住我。」

荀及特道：「這也是我的不是，致使小姐受驚。」

沙妮亞道：「沒關係，我現在已經好了。」說完便離開公爵走了出去。

荀及特走回書桌邊，夫麥勒笑道：「這事你可大錯特錯了。」

荀及特道：「現在請你發一個命令，無論是誰，若是沒有我的允許，不准離開這間屋子。」

夫麥勒道：「那位克律其納小姐也包括在內嗎？」

荀及特道：「她當然也不能例外。」

夫麥勒笑道：「我知道你的意思了，你莫非疑心沙妮亞是亞森・羅蘋的化身嗎？」

荀及特道：「夫麥勒先生，正事要緊，別開玩笑了，快替我發命令吧！」

夫麥勒道：「知道了。」便把警長叫到跟前，附耳說了幾句，然後站起來道：「各位，我們再到別處去查看一番，還有那高來麥汀的臥室裡有沒有被賊黨進去過，也得去看個清楚。」

高來麥汀站起來說：「好，快去，快去，你們為了那小小的珍珠耳環，已經浪費了不少的時間了。」

夫麥勒道：「還不知那些珍珠寶石有沒有失竊呢。」

歐曼道：「還有那客人送來的禮物也都由宛克杜保管，要是也遭到劫難，豈不很可惜嗎？」

說完便和父親當先走了出去。

苟及特和夫麥勒跟在後面，警長也跟了出來。

公爵走到門口卻停住了，關上了門，又重回到窗前，從衣袋裡摸出沙妮亞的那包東西來，慢慢打開來一看，燦爛耀目，寶光四射，呈現在眼前的，不是那對珍珠耳環，是什麼呢？

十三　第三次通知

這時公爵見了那對珍珠耳環，不覺愣住了，喃喃自語道：「這太奇怪了。」說了幾遍，便把那耳環鄭重地放進背心袋裡，向著窗外呆呆地望著。

正在這時，沙妮亞忽然進來了，進來後，順手又把門帶上，將身倚在門上。瞧她那玫瑰色的臉上，如今已變成了死灰色，更可憐的，就是那雙眼睛，滿現著悽慘的神情。

沙妮亞悽然道：「公爵，請你饒恕我這一次。」

公爵道：「我萬萬料想不到你是一個小偷。」

沙妮亞低著頭不發一語。

公爵道：「你快些出去。」

沙妮亞一聽這話，像受了重大的打擊，緊握拳頭對公爵道：「你竟連話也不願和我講了嗎？」

公爵道：「並非如此，因為那苟及特最會多疑，我倆在這裡說話，有很多的不便，萬一被他撞見，必定惹他多生疑心。」

沙妮亞仍道：「但你把我當賊，未免太過分了。」

公爵道：「不要這麼生氣，你又不是不知道苟及特的厲害。」

沙妮亞泣聲道：「我已顧不得這個了，我已是從晴天跌到了黑暗中，還顧忌些什麼呢？」

公爵道：「那麼小姐，我們到別處去說話，因為這裡總不大妥當。」

沙妮亞道：「有什麼妥當不妥當，現在我要把心中久積的苦衷和盤托出。我不知從哪裡說起好，先告訴你一件極不平的事，歐曼是女孩子，我也是女孩子，大家都一樣，但她為什麼這樣的富有快樂，我卻是這樣孤苦伶仃?!昨天你又當著我的面送她一對珍珠耳環，這倒也罷了，她那時不該對我使起驕性來，我遇到這個情形，心裡多麼難受，所以趁她不備時，把東西偷了來，是我拿的，因為我非常嫉妒她……」

公爵道：「你恨她做什麼？」

沙妮亞的臉上現出萬分憤怒的樣子，和平時的神色大不相同，似乎她要把一肚子的怨氣一次吐盡似的。

她道：「我確實很恨她。」

公爵道：「這是你心裡的話嗎？」

沙妮亞道：「這些都是我內心深處的話，本來不肯輕易說出來，但現在，我要大膽地說了，老實告訴你，我一切的所為都是為了你，不錯，為了你……」

說時兩頰泛起紅暈，嘴裡仍喃喃地道：「我恨她，我恨她入骨。」

公爵瞧她這個樣子，倒也弄得沒法起來，只有柔聲叫了聲沙妮亞。

沙妮亞仍自顧說道：「我早知你絕不會原諒我，但我得對你聲明，你要相信我才是，自從我和你相識後，從沒有做過這種無恥的勾當，這次的事情，實在令我太難受了。」

公爵道：「我相信你的話。」

沙妮亞舒了口氣道：「當時我偷了那副珍珠耳環，心裡萬分焦急。」

公爵道：「你心裡也感到著急嗎？」

沙妮亞抱怨道：「公爵，你對我應加以憐惜，不該加以侮辱，你這樣侮辱我，叫我怎麼受得了呢？」

公爵急忙澄清道：「我絕無侮辱你的意思。」

沙妮亞道：「既然如此，那麼請你設身處地的為我想想，你也曾終日忍飢，隻身無靠，我呢，想起那時淪落在巴黎城裡的時候，眼看麵包店裡一塊塊的麵包堆著，卻無法拿到手裡，只能任肚子飢腸轆轆地叫著。」

說到這裡，她忍不住哭了出來，再也說不下去了。

公爵道：「別哭了！有話快說出來。」

沙妮亞勉強繼續說下去道：「我好不容易挨了幾日的飢餓，但總得過下去，因此便不得不出此下策，明知這是不體面的事，有幾夜我也捫心自問，受著良心的譴責，但那飢寒兩字又有什麼法子解決呢？在雙重苦難交迫下，只好鋌而走險，去做這不應當做的勾當。記得有一次，我走進一戶人家去，裡面只有一個男子，他很好心的招待我，給我酒食，和我閒談，最後還拿錢幫助我……」

公爵聽到這裡，眼中微露凶光，怒道：「什麼你……」

沙妮亞道：「你別生氣，我那時知道了這男子的居心後，便在一天晚上，私自取了些東西不辭而別，當我走出門的時候，鄭重地發了一個誓，以後一定要改過自新，做一個好女孩……」說時，又哭了起來。

公爵見了，不禁說道：「可憐的女孩。」

沙妮亞道：「你現在明白了嗎？你能憐憫我了嗎？」

公爵帶著柔和的口氣道：「可憐的小沙妮亞，我已明白你的苦衷了。」

沙妮亞這才抬起頭，露著滿臉的淚痕，她的表情說不出她是苦是樂。不一會，又現出失望的樣子來。

公爵漸漸地靠近沙妮亞的身子，忽然門外一陣腳步聲，公爵忙叫沙妮亞擦乾眼淚，裝成沒事的樣子，一面拉著她的手，匆匆地到裡面的一間房裡去。

沙妮亞在一張躺椅裡坐下，斜視著公爵，露出感激的神情，臉上又恢復了紅潤的顏色，那種悲傷的模樣頃刻煙消雲散，化為烏有。

公爵站在窗口，安閒地吸著紙菸，不多時，只聽客室的門開了，接著又是一陣腳步聲，荀及特進來了，他那兩道銳利的目光盯在沙妮亞的臉上，又瞧了瞧公爵，嚇得沙妮亞頭也不敢抬起來。

公爵卻從容地向荀及特笑了笑說：「荀及特先生，我希望那頂王冠沒有遇難。」

荀及特道：「爵爺，那頂王冠倒還幸運，仍是原封未動。」

公爵道：「那些禮物呢？」

荀及特道：「也都沒有失竊。」

爵爺道：「那太好了。」

荀及特道：「我正有一件事要告訴你，剛才夫麥勒先生曾發出過一條命令，無論是誰，都不能離開這所屋子，你也得遵守這個命令。」

沙妮亞道：「我也不准出去嗎？」

荀及特道：「正是，最好請你到臥室裡去，飲食和一切所需都有下人供給你的。」

沙妮亞站起來道：「這是什麼理由呢？」說時，向荀及特和公爵瞧了一眼，公爵微微點了點頭，沙妮亞便冷然道：「好，那我就到臥室裡去吧！」

公爵和荀及特一同送她到門口，等她走後，公爵對荀及特道：「這女孩倒也很可憐。」

荀及特道：「今天我無故使她受驚，心裡也很不安，但我們當偵探的，遇事也不得不仔細呀！」

公爵道：「正是，不過這女孩非常膽小，剛才你盤問她時，幾乎把她嚇壞了。」

荀及特忽然想到什麼似的，來不及回話，就匆匆地走了出去。公爵坐在室內，閉目沉思。

正在這時，門外有暴怒的聲音漸漸靠近，接著門開了，高來麥汀進來，手裡拿著一張電報，臉色鐵青，呆立在門口，後面便是夫麥勒和警長。

高來麥汀高聲嚷道：「這是那惡賊拍來的電報，你且聽著。」說時顫聲讀道：

「高來麥汀先生，昨晚太匆忙了，把那頂王冠忘記取去了，今晚請你把這件東西拿出來等我，可以放在你的臥室裡，敝人當在十一點一刻至二十分之間，親自來領取，絕不失約。

亞森・羅蘋。」

高來麥汀讀完，對眾人說道：「現在你們要如何應對？」

夫麥勒急道：「你且先讓我瞧一瞧那張電報。」

高來麥汀忙遞給他，夫麥勒接來讀了一遍，便對警長道：「警長，你快去查問送電報來的是誰？」

警長領命，連忙走下樓去，向大門前的警察一問，遂又奔回客室裡來道：「長官，聽說是一個普通送電差的人拿來的。」

夫麥勒道：「怎麼放他走了呢？」

警長道：「可要到電報局去喚那送電差的人來？」

夫麥勒道：「這可不必，因為和送電差之人沒有多大關係。」

說時又回身對公爵和高來麥汀道：「依我看，昨晚的事絕不是亞森・羅蘋幹的，就是這封電報，也是別人冒名拍來的。各位，這種事一想就能明白，試問亞森・羅蘋昨晚既來行竊，為什麼會把王冠忘記，到今天再來偷竊，他又不是傻子，要費這麼多周折？」

警長順著道：「不錯，不錯，這倒很容易想到的。」

夫麥勒又道：「你們再想想，昨晚他們來時，這裡是一間空屋，並沒有任何阻礙，他們既然來了，便可以為所欲為，要什麼就拿什麼，現在他明知這裏有嚴密的防備，反要再來重歷險地取那頂王冠呢？倘若他真的說到做到，那麼他被捕的時候也到了，我料那苟及特見了這電報定要忙得不可開交了。」

說時，他正靠在一只大鐵箱的門上，嘴裡不住地冷笑著，忽然他的身子像受了什麼彈力似的，被彈到了客室的中央，接著後面鐵箱裡跳出一個人來，夫麥勒怒道：「誰和我開玩笑，可惡之至。」

回頭一看，卻是苟及特，於是嚷道：「咦？苟及特，你怎麼在這裡面？」

苟及特笑道：「這鐵箱雖很堅厚，在裡面聽人家說話，卻是很清楚。」

夫麥勒道：「但你是怎麼進去的呢？」

苟及特道：「進去倒很容易，可是出來卻很難，因為裡面彈簧的力量太大，連我的身子也被彈了出來。」

夫麥勒道：「你究竟怎樣進去的？」

苟及特道：「你別急，我來講給你聽，這客室的前面，有一個小房屋，裡面有一扇門和這裡相通，那小門一開，便是這只鐵箱了，我剛走到那小房門裡看時，那扇小門正開著，這鐵箱的背面鑿了一個洞，仔細一看，那洞鑿得很是精細，連小的痕斧也找不到一個，我就料知這裡必定出了岔子了。」

高來麥汀喊道：「我那房間的鑰匙在哪裡？」

荀及特便又走進了那只鐵箱裡面，一會兒笑著出來。

高來麥汀忙問道：「可有那鑰匙？」

荀及特道：「鑰匙倒沒見到，卻得到一件額外的東西。」

高來麥汀忙問道：「是什麼？」

荀及特道：「這東西卻是你想不到的，你且猜一猜。」

夫麥勒忙道：「別開玩笑了，究竟是什麼？」

荀及特道：「沒有什麼，這是送給你的一份禮物。」

夫麥勒道：「我不懂你的話。」

荀及特帶著笑容，不聲不響地伸出一隻手來，二指間夾著一張名片，淡淡說道：

「沒有什麼要緊的東西，只是一張亞森・羅蘋的名片呀！」

十四　秘密通道

這時候，每個人的視線雖然都集中在那張亞森·羅蘋的名片上，但各人的態度卻大不相同。

高來麥汀見了，嚇得呆呆地發愣。夫麥勒卻現出討厭的神情；警長似有所得，公爵卻像小孩得到了新的玩具，覺得非常有趣。

過了一會，夫麥勒說道：「大家不要害怕，我早已知道了賊人的狡猾，他們故意把名片掉在這裡，使我們的偵探目標移向亞森·羅蘋的身上去，他們便可逍遙無事了，這不是很明顯嗎？還會有什麼道理呢？」

苟及特微笑道：「正是，正是，這原沒有什麼道理的。」

高來麥汀聽他們倆只管互相爭論著，很不耐煩，便厲聲道：「這電報是有關那頂王冠的，你們千萬別再這樣輕易疏忽了。」

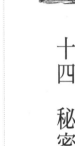

夫麥勒道：「這個當然，我們怎會輕易放過他呢！」

這時一個下人走進來道：「主人，午餐已經準備好了。」

高來麥汀一聽這話，似乎把方才的刺激都忘記了，欣喜地道：「各位，請一同來和我用餐。」

夫麥勒道：「多謝你，好在我們這時已沒事了，不過我對克律其納小姐很懷疑，想苟及特和我也是同樣的猜測，等一會兒我還得盤問歐曼小姐失竊的事，也許能得到什麼線索。」

公爵急道：「你不要疑心沙妮亞小姐，她是個純潔的女子，絕不會涉及竊案的。」

夫麥勒道：「目前這倒不能斷定，我們當偵探的，凡是發生案件，都得追根究底，找出有疑竇的地方，才能按著步驟進行，那克律其納小姐的行為很有可疑之處。」

公爵不滿道：「我看你們兩位大名鼎鼎的大偵探家，去為難一個懦弱無能的女子，未免有愧名聲。」

夫麥勒道：「這個你盡可放心，我盤問沙妮亞時，完全用和善的態度，我問她之後，還有盤問宛克杜咧，因為昨夜的事，她是耳聞目睹的，賊黨一切行動面貌，她都看得一清二楚，所以她對我們辦案的進行，也許有什麼幫助也說不定。」

說到這裡，又對高來麥汀道：「高來麥汀先生，我們去用餐吧！」

於是大家走進餐室，依次坐下。

桌上放的是名貴的餐點和上好的美酒，夫麥勒本是個美食家，見了這頓豐美的大餐，當然大嚼起來，毫無顧忌的吃個痛快。

歐曼卻因昨夜過於疲頓，這時覺得疲乏了；高來麥汀喝了幾杯，酒興大發起來，把剛才受到的刺激完全置之腦後，在席上講談說笑，像毫無心事一般。

荀及特也吃得十分高興，不過公爵對他講話時，卻一味唯唯諾諾；公爵這時的精神也有些疲乏起來，不像先前那樣起勁了，等到大家吃完，便一同到吸菸室內去喝咖啡。

荀及特很快地抽完一支雪茄，喝了杯咖啡，立刻走了出來，公爵也跟在後面，到了客廳，便對荀及特道：「荀及特先生，我想再同你去找這樁大竊案的線索。」

荀及特道：「很好，你能和我同去，那是最好了，因為有你作伴，使我更有精神去幹這大事。」

公爵道：「我不過是對這件竊案很有興致，所以想目睹先生用什麼方法來破案罷了。」

當下二人上了樓，向大客室走去，那守門的警察正在用餐，荀及特便挽起了公爵的手走進客室，隨手關上了門，又下了鎖，對公爵道：

「夫麥勒現在正在吸菸室裡狂吸雪茄，趁現在無拘無束，把那賊人昨天怎樣搬運東西的破綻，在半個鐘頭內探查出來。」

公爵聽說，把手指向窗口道：「我想恐怕是從這扇窗子裡搬運出去的吧！」

荷及特冷笑道：「你的猜測竟和夫麥勒一樣，這簡直是小孩子的見解，依我看來，昨天晚上有兩個賊人是從那邊屋子走過來的，在這裡上了梯子，穿窗進來，這可從他們的腳印上看出來，不過出去的路另外有一條，絕不是從梯子上下去的。」

公爵道：「那麼書本下的那個白腳印又是哪裡來的呢？」

荷及特道：「這個不是很容易了解嗎？賊人進了這屋，定有一人坐在這張躺椅裡，拂去鞋底的石灰，另一腳踏在地上，所以留下了一個白色的腳印，一時不能抹去，就把一本書遮在上面。」

公爵道：「這個猜測倒很近情理。」

荷及特又道：「另外的東西，我可以斷定不是從梯子上運下去的，更不是從前後門出入的，倘他們從前門搬運物品的話，那麼守門的夫婦倆定能聽到聲音，並且到了街上，被崗警們看見了，也會盤問他們的去向，亞森・羅蘋就算有天大的本領，也不能把贓物一件件的掩過巡警的耳目，有了這層關係，我才能斷定他絕不是從前門搬運贓物的，他們定有一條秘密的路徑通著外面。」

公爵道：「照這樣說，難道他們是從煙囪裡出入的嗎？」

荀及特笑道：「這個猜測也算合理，不過煙囪裡未必能容得下人，那秘密通道恐怕是在牆上呢！」

說到這裡，他停了停又道：「方才我見宛克杜睡在壁爐裡，就起了疑心，從這裡我就找出了那條秘密的路徑，這案子不久即可破了，這裡警長已替我備下了燈，你快隨我來吧！」

當下二人點了燈，走到壁爐前，依著路走了下去。

這壁爐約有四呎深，八尺寬，荀及特用燈向牆上一照，見離地六尺多高的牆壁上沒有煙煤汙染，另外有幾塊新磚砌在上面，約有五尺寬四尺長，一半現著紅色，一半卻已染上了煙煤，荀及特道：

「這便是通道的出口了，我們腳下得用東西墊了才可上去。」

當下便從壁爐裡跨了出來，到門口去喚了那警察，取了一個木階回來，又鎖上了門，走到牆下，把木階墊在下面，一步步的上去。

荀及特對公爵道：「爵爺，你留心些，恐怕那裡的磚頭會掉下來，免不了要打破你的頭。」

公爵向後退了幾步，荀及特便用左手攀住爐邊，右手去推那新砌的地方，只聽得一陣響，一道光線從隙洞射了進來，照在荀及特的臉上。

荀及特露出得意的神情，繼續把其餘的磚石一股腦兒推了下去，立刻現出一個三尺見方的空洞，當下便跳了進去，一忽兒便不見了。

公爵也踏上木階，探頭一望，只見那邊有一間空屋，裡面絕無人跡，格局和客室一樣，出口處也裝著一只壁爐。

公爵看了一會，便從洞裡穿了過去，用腳踏在爐架上，悄悄地望了進去，說道：「好狡猾的賊，竟會在這裡開道。」

荀及特道：「這有什麼了不起，那些偷珍寶的賊人，多數是用這種方法的，我已遇到過多次了。我所佩服的，就是洞的大小恰夠搬運贓物，並且砌得非常整齊，要不是細心的人，一定不能瞧破這個機關。」

公爵道：「這洞倒像是個窗戶，那些賊人竟連泥水匠的工夫也做得到。」

荀及特道：「這並不是匆忙間做成的，他們在事先早已預備好了，卻不能矇混過我的耳目，現在被我瞧破，不過已是緊要關頭，不能稍有延誤，那大塞現在正在蘇羅街打探詳情，等他回來，也許可有什麼線索可尋。」

說時，便把室中的幾扇百葉窗打開，放些陽光進來，一會兒又走到壁爐前面，皺著眉瞧那一堆亂磚道：「糟了，方才我拆那牆壁時，忘了把磚石整齊地拿下來，裡面也許還有什麼端倪可以發現，不該太魯莽的，把它一股腦兒就推下去的。」

說時把那些亂磚一一拾起，疊在左邊的牆下，公爵也幫著他抬著，拾到最後幾塊時，荀及特看見地下有一片金屑，便拾起來給公爵看道：

「這便是他們魯莽的地方，我料他們偷竊的東西中，定有什麼鍍金的鏡架等東西，所以一不留心，搬運時把屑碰下，你看我猜對了嗎？」

公爵道：「很是不錯，依我想來，那些贓物也許還沒有運出去，放在這裡什麼地方也說不定。」

荀及特道：「這個絕對不會，那些贓物一定在昨晚便搬運到門外，從後面街上運走的。」

說時便領公爵走下樓梯，到客廳裡，打開所有的窗子，立刻大放光明，見地板上塵土積得很厚，但在中間部分卻像遭到許多人踐踏過的樣子，印著很多的腳印。

荀及特回到扶梯旁邊，蹲下去仔細看著，信步走上梯去，在半梯上發現幾片花瓣，並且還很新鮮。

瞧那花折下來還沒有多久，公爵道：「這像是色爾菲花。」

荀及特道：「正是，是淡紅色的色爾菲花，花中要算它最美麗了，很名貴，法蘭西全國中，只有夏木拉司公爵邸第的花園中有這種花，因我平時很喜歡研究植物，所以略能夠知道。」

公爵道：「依你說來，那些賊黨是從夏木拉司公爵邸裡來的了？」

荀及特道：「大概如此吧！」

公爵道：「那麼那賊黨莫非是亞路來等五個人嗎？這倒很有趣，若是能再找到一點確實的證據，便不難真相大白了。」

荀及特道：「你且等著，不久便能得到了。」

公爵道：「這真有趣極了，這案情的關鍵漸漸能發覺出來了。」說時，取出一只菸匣來道：「你要抽根菸嗎？」

荀及特道：「這不是揩撲利耳嗎？」

公爵道：「不錯，這是從埃及來的香菸，真正的曼爾西地斯。」

荀及特道：「多謝你。」於是便取了一支，公爵劃了火柴替他和自己吸著後，慢慢地道：「先生的偵探本領真令人佩服，在這半個鐘頭裡，已看出了那秘密的道路，又知道賊黨是從夏木拉司邸第中來的，還有那亞路來等等，相當難能可貴。」

荀及特道：「但他們的來路，我卻未便下斷語，不過大約是從別墅前門來的。」

公爵道：「不錯，那前門上的鑰匙，是被他們從夏木拉司邸第中偷來的，我倒幾乎忘了。」

荀及特道：「據那守門人說，宅中的門鎖，都是他自己拔下的，從這個便能知道他以為來的不是盜賊，所以才會開了門讓他進來的。」

公爵道：「那守門的不是賊人的同黨嗎？」

荀及特道：「爵爺能有此見解，可見仔細極了，將來再加些經驗，便不難登峰造極了。」

公爵道：「如果我真能做到偵探家，那生活倒也很有趣味。」

荀及特正色道：「好了，這裡已是前門，讓我來瞧瞧石級。」說時開門出去，仔細的把那石級看了好久，便對公爵道：「好了，我們快從原路回去吧！那夫麥勒一定在那邊客室門搗亂個不住了。」

於是兩人匆匆地回身走上扶梯，穿過缺洞，一逕回到客室裡，果然門外一片敲門的聲音。

又聽得夫麥勒的聲音道：「荀及特！你在裡面搗什麼鬼，平白無故地鎖住了門幹什麼？快放我們進來。」

荀及特便過去開了門，只見那夫麥勒漲紅了臉，怒沖沖地進來道：「荀及特，你到底在做什麼？我在外面敲了大半天的門，為什麼不回答我？」

荀及特道：「請你原諒我，我並不在室內，所以沒有聽到。」

夫麥勒道：「你不在這裡，又到哪裡去了？」

荀及特聽了這話，向夫麥勒瞧了半晌，才滿臉堆笑容道：「我方才正在瞧那賊黨的秘密道路呀！」

十五　可疑的女伴

荀及特說完，夫麥勒連忙問道：「賊人的秘密道路在哪裡呀？」

荀及特道：「你跟我來看呀！」說完便引他到壁爐前，指著牆上的洞道：「請看吧！」

夫麥勒道：「讓我看看。」說完便走上木階，和荀及特一同穿過，到了隔室中。

公爵見他們進去後，便走出客廳，問那些下人道：「高來麥汀在哪裡？」

下人們答道：「在臥室裡。」

於是公爵急匆匆地走上一樓去，敲那臥室的門，忽聽得裡面回答了一聲「請！」但聲音微弱不堪，連忙推門進去，見高來麥汀正躺在床上午睡，臉上泛著白色，顯然很疲乏。

他見到公爵，便呻吟道：「我從接到了那封電報後，便像失了魂似的，全身感到不適，我想那頂王冠是無法倖免的了。」

公爵道：「莫非那頂王冠已經失竊了嗎？」

高來麥汀道：「現在雖然還在箱裡，但已像是沒有了一樣，一到晚上十二點鐘，一定會落在賊人的手中。」

公爵道：「我只問你那頂王冠現在是否還在？」

高來麥汀便從背心摸出一個鑰匙來道：「你去瞧一瞧。」

公爵接了鑰匙，走到鐵箱前，打開鐵箱，見第二層裡放著一個大馬洛科皮匣，回身對高來麥汀望了望，見他閉著雙眼，像是要睡著的樣子，公爵便露出得意的神情，把那皮匣打了開來，取出那頂王冠，細細地玩弄了一番之後，仍把那頂王冠放好，關了鐵箱，回身對高來麥汀說：

「這頂王冠是世上稀有的至寶，不過，上面的寶石需得琢磨一番才能光彩奪目，像那顆綠寶石，雖然很貴重，但毫無光采，總得把它琢磨一下才是。」

高來麥汀搖搖頭道：「你哪裡能體會到其中的緣故，這些寶石之所以名貴，就是因為它是件古物，倘把它經過琢磨，便失去了本來的面目，還有什麼價值可言呢？」

公爵道：「這個我當然知道，不過，我的意思是，凡是一件東西，總以美觀為前提。」

高來麥汀道：「這到底是孩子的見解。」

公爵道：「這不過是各人的見解不同罷了，本不能一概而論的，這就是我個人欣賞的見解呀！」

說時，把鑰匙遞給了高來麥汀，慢慢地踱到窗口，向下面的街上看了一回，又自言自語道：「我想到家裡去換一換衣服，並且這雙鞋子也沾了不少泥巴，也該換一雙才是。」

高來麥汀聽了這話，連忙站起身道：「親愛的公爵，你該看在上帝的份上，別輕易離開我一步，因為我已恐懼到極點，沒有一刻安心了呀！」

公爵道：「有什麼關係呢？這裡有靈敏如獵犬的苟及特和大名鼎鼎的夫麥勒，還有四個偵探，一個警長，和五六個警察保護你，還有什麼好怕的，非要我陪伴你不可?!何況我又不是富有經驗的人，遇到危險也想不出一個計畫，對你又有什麼好處。你且安心等半個鐘頭，我必當再來，我只消換一套衣服的時間就行了，在這半個鐘頭裡，我想應該不會發生什麼事才對，一切都有苟及特在此，請放心吧！」

高來麥汀苦著臉道：「那麼你快去快回，別再耽誤時刻了。」

公爵道：「現在暫且告別，半點鐘後再見吧！」

說完飛也似的跑了出去，下了樓，在客廳的桌上取了那頂遮陽帽，走到大門邊，正想邁步出門時，忽然有一個警察阻擋道：「先生，對不起，你有沒有得到苟及特先生的允許才出去？」

公爵道：「我要出去，為什麼要得到苟及特先生的允許？苟及特和我又沒有什麼相干，你且看清楚，我是夏木拉司公爵。」說時把門拉開了要走。

那警察仍道：「請爵爺原諒，因為這是夫麥勒先生的命令。」

公爵道：「夫麥勒的命令和我無關。」說到這裡，便向守門的道：「你快替我去叫一輛雙輪馬車來。」

守門的正站在警察的旁邊，一聽這話，忙走下石級去喚車子。這警察也無計可施，只得呆呆地對他望著，不多時，一輛雙輪馬車停在門口，公爵便逕自走下石級，上車去了。

三刻鐘後，公爵換了一套夜服回來，到了大廳，見苟及特、夫麥勒和警長等都在那裡，他們正查過了隔壁的那間空室回來，據他們說，那些贓物都已完全運走，不在這裡了。

夫麥勒把這回查探的詳情向公爵訴說了一遍，苟及特便打電話給電話公司，命他們接通夏木拉司爵邸的電話，但公司卻回他說總線忙碌不堪，須得半點鐘後才行，苟及特沒法，只得耐心地等候。

過了一會，公爵問道：「你們可曾把賊黨的蹤跡找出來？」

夫麥勒道：「現在還沒有什麼線索。」

荀及特道：「我已派了幾個手下分頭到外面去偵探，不久或許會有圓滿的報告。」

夫麥勒道：「這案子要是沒有經驗的人遇到，一定不能耐心地去研究，好在這是我們的老本行，知道偵探案件須有耐心……」

他藉此對荀及特發了一大篇論調，滔滔不絕，公爵卻並沒有注意他，似乎心中另有什麼事情，忽然電話鈴聲響了，荀及特忙過去接電話道：

「你是夏木拉司爵邸中的人嗎？……你去叫園丁來講話，……出去了嗎？……什麼時候可以回來？……好，那麼他回來後立刻叫他打電話到巴黎別墅中來，我是偵探長荀及特……是的偵探長，……荀及特。」

說完放下聽筒，回過頭來皺著眉頭道：「事情真不巧，我正有要緊話要問他，他偏出去了，這話又不得不問，只得再等一會兒了。」說時在一張椅子裡坐下，取出一支菸來吸著。

夫麥勒方才的一篇高論還沒有說完，這時正想繼續說下去時，荀及特卻又開口道：「警長！請你去看看宛克杜這時醒來沒有，那醫生說的話，你也須留心聽著。」

警長道：「方才醫生對我說，她至少須在今夜十點鐘醒來，現在我不妨再去看一下。」說完便匆匆地走了出去。

夫麥勒一得這空閒的機會，便又高談闊論起來，荀及特卻只是唯唯諾諾，毫不留心他的話。

不一會，警長回來道：「宛克杜還沒醒來。」

荀及特道：「知道了，夫麥勒先生！這時我們不妨再盤問一下克律其納小姐。」

公爵聽了慘然道：「你們為難那孤弱的女孩子，究竟是什麼意思呢？」

夫麥勒順著道：「正是，我也認為如此，那是多此一舉呀！」

荀及特道：「公爵，這個須請你原諒，我認為克律其納小姐是一個很重要的人物，有盤問清楚的必要，夫麥勒先生已經說過，當偵探的不能厭煩，若遇事厭煩，定不能成大事的。」

夫麥勒接口道：「確實，這是很重要的，警長！你快去請克律其納小姐進來。」

警長答應著出去後，荀及特看了看公爵的臉上，見他很不自然，便對夫麥勒說道：「今天我必須親自盤問沙妮亞小姐。」

夫麥勒道：「正是，我們必須親自盤問她。」

公爵聽了他們的說話，便道：「喔，我明白了，讓我立刻迴避吧！」說時憤然起立，向門便跑。

苟及特忙銳聲道：「爵爺且慢。」

公爵也不去理睬，一手把門砰然關上，走到扶梯邊，正遇著沙妮亞和警長從上面走下來，便對沙妮亞道：「克律其納小姐，他們要盤問你關於以前邸第中失竊的事，你本就光明正大，可以不必害怕，要鎮靜些才是。」

沙妮亞道：「多謝你的關心，我一定留意著，絕不害怕的。」說時，兩眼瞧著公爵的臉上，滿露著感激的神情，當下便跟著警長上樓去了。

公爵走向高來麥汀的臥室，到了門口，輕輕地扣了幾下，裡面卻沒有回答，便推開了門，向裡面一望，只見高來麥汀熟睡著，便走了進去，順手把門帶上，卻留了一線細縫，移過一張椅子坐下來。

不多時，又站了起來，在室內踱來踱去，嘴裡連聲咒罵著苟及特和夫麥勒，連全法蘭西警察偵探們都罵了進去，但罵得很輕，不容易聽到他的聲音。

他滿臉堆著怒容，兩眼注意著梯頂，約莫過了三十分鐘，才聽得扶梯有了腳步聲，舉目一看，正見沙妮亞和警長。

公爵忙開門迎著沙妮亞道：「克律其納小姐，你見了他們有沒有受驚？」

這時沙妮亞的臉上隱隱還有著淚痕，發抖地答道：「可怕得很，那夫麥勒先生倒還和善，另外一個卻很嚴厲，我說的話，他完全不信，我一被逼問，頓時慌了，說話也語無倫次，剛才我對他們說的話，現在卻一句也記不起來了。」

公爵聽了這話，咬了咬嘴脣道：「不打緊，現在已經過去了，你最好去睡一下，讓我去喚個下人送杯酒來，替你壓壓驚，你先回臥室去吧！」

說完便把沙妮亞送回臥室，並安慰了一番，便走下樓梯來，命一個下人送一杯香檳酒上去，自己逕自走到大客室中，只見夫麥勒正趴在書桌上寫字，荀及特在旁邊看他寫完了，便接過來折成方形塞進袋裡，面上露著得意的神色。

公爵問道：「夫麥勒先生，剛才你們在克律其納小姐身上，可盤問出什麼線索來？」

夫麥勒道：「沒有什麼，那女孩一口咬定說什麼都不知道，我本來就沒有對她起疑的，但荀及特卻總不肯放過她，不過，他並不認為她是亞森・羅蘋的同黨。」

荀及特道：「不錯，我也不希望她是亞森・羅蘋的同黨。」

公爵聽了道：「這是什麼話，亞森・羅蘋和沙妮亞怎麼會有關係呢？」

夫麥勒道：「正是，我雖和你一樣這麼想，但別人卻不這樣想的呀！」說時向荀及特望了一眼。

公爵笑道：「哈哈，把克律其納小姐當作亞森・羅蘋的朋友，不知是怎麼想的，真是太可笑了。」

荀及特道：「世上的事哪裡可以斷定呢。」

夫麥勒道：「荀及特，你也不要多講了，現在最要緊的便是商量一個妥當的辦法，以便把昨晚的那件竊案破獲，以前的那些小竊案，暫時不要深究它吧。」

荀及特道：「還有那副珍珠耳環，我卻懷疑得很，這耳環一定沒有出這所宅子，只不過是誰拿的，卻無法確定。」

公爵道：「都是我不好，要是昨晚我不把耳環送給歐曼小姐，便不會出這個岔子來了。」

荀及特道：「要得到昨晚那件竊案的關鍵，須先探出那偷珍珠耳環的人，然後循著一定的步驟進行，便不難把其中的真相揭破了。」

公爵道：「依你說來，其餘的事都不涉及昨夜那件竊案，而只有珍珠耳環才和它有連帶關係嗎？這實在是令人費解。」

荀及特道：「我自有另外的見解，昨夜那件竊案可以比做主幹，而其餘的小竊案卻是旁枝小葉，不可完全忽略呀！」

十六　女管家

大家靜默片刻。

公爵獨自走進壁爐裡去看那缺洞，看了好一會兒，又走了出來，對夫麥勒道：「夫麥勒先生，我要告訴你一件事，方才我到家裡去換衣服，在大門前遇到了警察，他說夫麥勒先生有命令，無論是誰，不准離開這所屋子，但我以為你這命令，必不是為了我而發出的，所以我也沒有理會它，逕自走了。」

夫麥勒忙道：「是呀，我的命令本不是為你發的，爵爺若有什麼事情，儘管自由出入好了。」

荀及特道：「爵爺！我看你的衣服已經換過了，莫非是在這裡換的嗎？」

公爵道：「是我回家去換的，當我出去的時候，警察上來攔阻我，但沒有和他多講話，所以沒有得罪他。」

夫麥勒正色道：「倘他真的不准爵爺出去，爵爺可也不能錯怪他，因為凡是立足在社會上的人，都得遵守法律。」

公爵笑道：「你所說的是共和黨的法律，但我卻是王黨中的人呀！」

夫麥勒連連搖著頭，表示十分不滿的樣子。

公爵又道：「我有些懷疑，苟及特先生說賊黨是從前門進來的，但賊人既有了秘密的通路，為什麼還要從前門進來呢？」

夫麥勒道：「正是，他們既有了秘密道路，為什麼還要設法偷取鑰匙，打從前面進來呢？」

苟及特道：「你們想得也太不周到了，那秘密的道路又不是早已開下的，那是他們偷了許多東西，在搬運時怕被警察發覺，才想出這個方法的，所以我斷定他們是從前面進來，而秘密道路卻是出去時開闢的，不過裡面有著他們的同黨做內應罷了。」

夫麥勒道：「你的話雖近情理，但裡面的內應又會是什麼人呢？」

苟及特道：「那須等宛克杜醒來後才能明白。」

公爵道：「宛克杜嗎？這裡全家都很信任她的。」

苟及特笑道：「但哪個能知道她是亞森・羅蘋的心腹呢？」

夫麥勒怒道：「你開口亞森・羅蘋，閉口亞森・羅蘋，真令人討厭。」

正說時，門外走進一個下人來說道：「歐曼小姐剛買了東西回來，在房裡等候爵爺去講話。」

公爵聽後，連忙走到歐曼的房間裡，但歐曼請他來，並沒有什麼要緊的事，只是一個人在房中很覺寂寞，想和公爵談談天罷了，於是公爵和她談了好久，便逕自出來到了大客室中。

荷及特和夫麥勒正在等候那派出去的探員來回話，大家等了一會兒，偵探們都已陸續回來，但一點線索也沒有探得。

另外，許多警察們在巴黎別墅的四周查探了一回，連兩輛被劫的汽車也找不到一些蹤影，大家都頹喪的回來。

荷及特在這裡已有大半天，精神有些不濟，便走出去散步，約定在七點半時再來。夫麥勒等荷及特出去後，便又活動起來，把生平遇到過的幾件奇案，滔滔不絕地講給公爵聽，精神非常振奮，不像荷及特在時的拘束。

談興正濃的時候，進來了幾個歐曼的女友，她們是為了送來的禮物特地來訪問的，她們都到了歐曼的房間裡，公爵正設法脫身，便趁此機會走過來應酬了。

時間過得很快，轉眼間下午過去了，時針已指在七點半上，但荷及特仍舊沒有回來。

夫麥勒也要去安排一些別的事，便囑咐警長小心留守，自己逕自走了。

這次晚餐，多了幾個客人，兩個財政家和他們的夫人，還有兩個是公爵的朋友。一個是華溫聶伯爵，一個是范納男爵，所以這時的餐室內，燈紅酒綠，非常熱鬧。

高來麥汀便在席上把失竊的情形逐一說給來賓們聽，眾人也深為嘆息。

進餐完畢，又到吸菸室中去休息，同時苟及特也回來了。

直到十點鐘的時候，公爵才獨自到大客室中來，見苟及特的神情很是得意，便道：

「苟及特先生，你這般高興，可是有什麼喜事嗎？莫非那賊黨的蹤跡已被你探了出來？」

苟及特道：「這倒沒有完全探出，不過稍有些頭緒罷了，那些賊黨把贓物運到客廳中後，再從客廳裡搬運出去，據說的確有人在昨晚看見一輛貨車停在門口，並且見他們裝著東西去的。」

公爵道：「夫麥勒有沒有回來？」

苟及特道：「他今晚是不會來了，這裡的一切事務已完全交給我，我已差了幾個能幹的人物在此，來幫助我行事。」

正說時，波納溫進來道：「宛克杜已經醒了。」

苟及特道：「好，你快去把她帶來。」

公爵道：「我要迴避嗎？」

荀及特道：「那倒不必，只要爵爺不嫌麻煩，便在這裡旁聽也不妨。」

於是公爵在一張沙發裡坐下，荀及特卻站在壁爐前面。

公爵慢吞吞地道：「方才夫麥勒對我說，宛克杜實在沒有嫌疑。」

荀及特道：「在這案中，沒有嫌疑的當然也有呀！」

公爵道：「那是誰？」

荀及特笑了笑道：「就是檢察官自己呀！」

不多時，波納溫已帶著宛克杜來了，只見她是個中年婦人，身材肥胖，紅臉黑髮，棕色的臉，像個農婦的模樣。

她一進來便土頭土腦地道：「先生們，請你們原諒，我穿了這種衣服來見你們，昨夜的事使我萬分吃驚，那時我正入睡不久，被他們綁住手足，又在我臉上蓋了一塊含有藥味的手帕，我對這種暴力行為，還是第一次嘗到。」

荀及特道：「宛克杜女士，他們共有多少人？」

宛克杜道：「大約十二人，那時我只見滿屋雜亂的人影，萬分忙碌，事先我原已聽得樓下有聲音，便下床趕了過去，哪知剛到扶梯頂，立刻有人從我背後跳了出來，掐住我的咽喉，不許我出聲。」

荀及特道：「他們的面貌，你有沒有看清楚？」

宛克杜道：「哪裡瞧得清楚，他們來時，都戴著面具。」

荀及特道：「你的臥室，可就是在一樓，那天花板開著一扇氣窗的那間嗎？」

宛克杜道：「正是，不過這跟我的臥室不會有什麼關係吧？」

荀及特道：「我問你，當你臨睡的時候，在屋上可有什麼聲響？」

宛克杜道：「沒有聽到，只有樓下有聲音。」

荀及特道：「那麼你聽到了這聲音，便想走下樓來，才被他們擒住，拖到客室中去的，是嗎？」

宛克杜道：「正是，一點也不錯。」

荀及特道：「那麼你被綁的時候，是在客室中呢？還是在樓梯頂上？」

宛克杜道：「我被他們擒住後，他們把我拖到這裡才綁的。」

荀及特看了看她那肥胖的身子道：「這不會是一個人做的，在綁你的時候，一定還有另外的人幫忙。」

宛克杜道：「共有四個人，力氣都相當大。」

荀及特道：「他們綁你的時候，可有人在旁邊看著？」

宛克杜道：「沒有，其餘的人都翻箱倒櫃地忙碌著，哪有人看著我呢。」

苟及特道：「其餘的人在做什麼？」

宛克杜道：「他們把許多名畫從牆上卸下來，從窗外的梯子搬運下去。」

苟及特聽了，向公爵看了一眼，又道：「那麼拿名畫的人，是一個個地從梯子上下去的呢？還是另外有人在窗外等著傳遞下去的？」

宛克杜想了想說道：「喔，是一個個走下去的。」

苟及特道：「這是實話嗎？」

宛克杜道：「句句是實話，偵探先生，像我這種人哪會說謊呢！」說時臉上露著不安的樣子。

苟及特道：「那時你在哪裡？」

宛克杜道：「我被他們推到屏風後面。」

苟及特道：「那時這屏風在哪裡？」

宛克杜道：「在火爐的左邊。」

苟及特道：「你把方向指給我看。」

於是宛克杜走到壁爐前面，苟及特幫她把屏風移向左邊，退後幾步看了一會兒道：「這倒很重要，當時屏風放著的樣子是一定要弄明白的。」

說到這裡，忽然道：「咦，這塊洋裁粉片是哪裡來的，宛克杜，你也替人家縫衣服嗎？」

宛克杜道：「在閒著時，曾和一個女僕做些針線。」

荀及特道：「你縫衣服也用洋裁粉片嗎？」

宛克杜道：「用的。」說時，把手深入衣袋裡去，忽然倒退了幾步，臉上也消失了紅潤的顏色，抖著道：「啊！不對，我沒有用洋裁粉片，因為我記得昨天在縫衣時，已把洋裁粉片用完了。」

荀及特聽到這裡，立刻變了臉色，兩眼放出凶惡的眼光來說道：「宛克杜，有的，你一定有洋裁粉片，你袋裡是什麼？」

宛克杜顫聲道：「沒，……我確實沒有……洋裁粉片了。」

荀及特不顧一切，抖得跳了過來，一手抱住宛克杜的身子，另一手伸入她的衣袋裡去。

宛克杜大喊道：「快放手，快放手，這像什麼樣子！」

說時荀及特已把她放下，略向後退了幾步，手裡拿著一個藍色的洋裁粉片說道：「這是什麼？」

宛克杜正色走近他的面前道：「這是洋裁粉片，你把手胡亂地放到我身上來，汙辱一個純潔的婦女，該判什麼罪名？」

荀及特道：「這個你盡可去請檢察官來評判，現在不必問我。」說著便走到門口，把波納溫叫了進來，吩咐他道：「等囚車到來，你把這婦人送進警署裡去。」

宛克杜聽說，便大喊道：「我犯了什麼罪，身上帶著洋裁粉片也算犯罪嗎？」

荀及特道：「你別這樣吵鬧，有什麼事，你盡可向檢察官理論，和我沒有什麼相干。」

於是宛克杜恨恨地對荀及特瞧了一眼，便被波納溫帶出去了。

十七　神出鬼沒

這時苟及特露出得意的神情對公爵道：「爵爺，你看這婦人有沒有嫌疑？」

公爵道：「她的洋裁粉片和亞森・羅蘋的一樣嗎？」

苟及特高舉那塊洋裁粉片道：「這牆上的字是藍色的，這塊洋裁粉片也是藍色的，這婦女和亞森・羅蘋多少總有些關係。」

公爵道：「這真是出人意外，瞧那個婦人像是一個誠實可靠的人，誰又能料到她是賊人的同黨呢？」

苟及特道：「爵爺並不知道亞森・羅蘋的本領，他最會籠絡婦女，有許多婦女很樂意幫助他，死心塌地的服從他。我們在外貌上看去，哪裡能知道她們誰是亞森・羅蘋的同黨呢？我的朋友甘聶瑪在普羅斯號船上拿獲亞森・羅蘋的時候，船上的寇蘭夫人失竊了許多東西，另外還有一個旅客也失去了一張八百鎊的支票，這兩件竊案，分明是亞森・羅蘋幹的，但是他早已趁空交給他那幾個偽裝成貴婦的同黨，並且從她們手裡帶到美洲去了，你想，這種人物還可以從表面上猜想嗎？」

公爵道：「但我對宛克杜總覺得有些可憐，因為她本來是好人呀！」

荀及特聽了，笑道：「世上本來是沒有壞人的，監獄裡的犯人，也和平常的好人一樣，只差得犯了罪，才和好人兩樣了。」

公爵道：「我看那亞森・羅蘋的居心未免太狠，他利用那樣的婦女做犯罪的事，一到事情敗露，她們不都做了亞森・羅蘋的替死鬼了嗎？」

荀及特道：「不，亞森・羅蘋的性情倒也很強硬，他不會令那些跟從他的婦女受苦，我們從沒有捉到過這班同黨，今天宛克杜還是破天荒第一遭。」

說時，走到一張椅子旁邊，從他自己的外衣袋裡摸出一個名片盒來，對公爵道：

「今天晚上，我得封鎖這裡出入的各門戶，守門的人我已派定，對沒有得到我允許和沒有我名片的人，都不許出入這所屋子，爵爺要有要事時，不妨拿我的名片，本來我不應拿這種小小的紙片來限制爵爺的行動，但大家為了高來麥汀的事，不得不這麼辦，倘爵爺不用我的名片而自由出入，那就有人要來責問我行事不公了，所以要請爵爺原諒我的苦衷，務必依著我的命令進退才是。」

公爵笑道：「這個你太看重我了，我和其他的人本無什麼區別，但你既然特許給我名片，那麼我只有心領了。」

於是苟及特從匣子裡取出一張名片，在上面寫了幾個字，交給公爵，公爵接過來一看，上面草草寫著一行字道：「准許夏木拉司公爵出外，苟及特。」看罷便塞入衣袋裡。

正在這時，門外走進一個人來，瘦長的身材，脣邊蓄著些髫鬚，苟及特一見，歡喜地道：「大塞，你回來了嗎？可有什麼消息？」

大塞行了一個軍禮道：「我已探得一事，在隔壁的大門前，昨夜有一輛車停著，那裡是一條小街。」

苟及特道：「那是什麼時候？」

大塞道：「大約在早上四點至五點之間。」

苟及特道：「是誰瞧見的？」

大塞道：「是一個清道夫，據說他在四五點鐘的時候，才見那車子開走的。」

苟及特自語道：「四五點之間，大約五點鐘，照此看來，那麼他們在搬運贓物之前，已經把缺洞砌好了。大塞，另外還有什麼消息？」

大塞道：「那汽車去了不到幾分鐘，就有一個穿工作服的人從屋子裡出來。」

苟及特道：「穿工作服嗎？」

大塞道：「正是，那人走出屋後，走不到數步，便把吸著的半截香菸拋在地上，那清道夫見這種情形很為可疑，便把那菸頭拾起來藏著，我已把那香菸討得。」

說時便從衣袋裡摸出一個香菸頭來，拿給荀及特。

荀及特拿來看了一下，說：「這是一支金頭香菸，是曼爾西地斯咧，咦！爵爺吸的不也是曼爾西地斯嗎？」

公爵高呼：「這倒奇了，我的香菸怎麼會落入賊人的手中呢？」

荀及特道：「這個很容易知道，你那爵邸中想來總有這種香菸藏著，那賊人便是從你爵邸中偷取來的。」

公爵道：「對了，我在那邊桌子上的確放著幾盒這種香菸，一定被那亞路來偷了一盒出來，但他簡直太傻了，在我邸第中，別的貴重東西那麼多，怎麼單偷這盒香菸呢？……」說到這裡，低著頭若有所思。

荀及特道：「你在想什麼？」

公爵道：「我在想，這事定是亞森・羅蘋幹的，他偷這匣香菸，也許有什麼用意，方才你不是在扶梯拾到色爾菲花的花瓣嗎？這不是也不值一錢的嗎？」

荀及特道：「這話倒也有理。」

公爵道：「依我看，那亞森・羅蘋昨晚定是從夏木拉司爵邸中來的。」

荀及特道：「這個當然。」

公爵道：「並且還是亞路來父子中的一人。」

苟及特道：「這目前還不能確定。」

公爵道：「我認為一定是的，那色爾菲花和曼爾西地斯香菸便是明證，而且有相互的關係。」

苟及特帶著笑道：「公爵的話宛如一個偵探家，猜測得很近情理，不過沒料得切要罷了。」

公爵道：「為什麼不切要？莫非亞森・羅蘋昨晚沒有到過夏木拉司爵邸，偷汽車一事不是他親手幹的嗎？」

苟及特道：「不，亞森・羅蘋昨天的確在夏木拉司邸第中，不過偷竊汽車一事，卻不是他自己動手，不過出主意罷了。」

公爵道：「這事倒很離奇，不知那時的亞森・羅蘋是怎樣的面貌，我很想和他會一下面。」

苟及特道：「不久的將來，不，就在今晚，你就有機會和他見面了。」

公爵道：「真的嗎？」

苟及特道：「誰騙你，在今晚十一點三刻至十二點之間，他就要來偷王冠，這不是你和他見面的一個好機會嗎？」

公爵道：「這恐怕不見得吧！這裡防備的如此嚴密，他怎會來自投羅網，我料他絕不敢輕易來嘗試的。」

荀及特道：「爵爺，你並不知道亞森・羅蘋的為人，他不但膽量過人，並且很有冒險的精神，一旦他決定要做什麼事，便會不顧一切的危險，而且危險愈大，他愈覺得有趣味，到了最後，他卻仍能安然脫險，毫無損害。我自入偵探界以來，除了亞森・羅蘋以外，可以說沒有一個是我的勁敵，早在十年前，我已全神貫注在他的身上，總想有一天會被我克服，可是直到現在，還沒有真正的達到目的。

「我和他對峙時，他總得到最後的勝利而回，他的本領，我的確很佩服，而且他不只是個大盜，還是一個大藝術家、化裝家。他改扮的本領可謂神出鬼沒，我自以為我的眼光很厲害，還常常被他逃過，所以我萬分地痛恨這惡賊。」

說時，咬著牙，十分憤怒的樣子。

公爵道：「那麼依你看來，今夜亞森・羅蘋定要來了。」

荀及特道：「一定來的，他做事還有什麼顧忌，你大概已經知道他行事的本領了，他不是一個萬能的人才嗎？」

說到這裡，向大塞道：「那清道夫拾得香菸後，可有跟蹤他？」

大塞道：「他跟蹤著走了約一百步路，那人忽轉向蘇羅街，再向西轉彎走了幾步，便有一輛汽車駛來，那人便登上車了。」

荀及特道：「那汽車是什麼顏色？」

大塞道：「是一輛很大的深紅色汽車。」

公爵聽到這裡，大呼道：「這便是高來麥汀失竊的那輛里摩星汽車呀！」

大塞道：「我今天所探得的事，就只有這幾件，沒有別的線索了。」

荀及特道：「那麼你去吧，我希望你仍不斷地有好消息告訴我。」

於是大塞行了禮退出。

荀及特得意地道：「現在這案已稍有進步了，第一，探出宛克杜是賊黨，第二，那輛貨車也有線索了。」

公爵道：「這兩件都是至關重要的。」

荀及特道：「等到那貨車一查出，再進而探出它自五點至六點間的行動，那麼一切都容易著手了。」

公爵道：「我真佩服先生的本領，無論什麼大案件，只要被你找出一個小破綻，便不難把全案的真相探明，可真了不起。」

荀及特道：「這是爵爺過獎，我不過在偵探界裡多混了幾年，約略有了些經驗罷了，何足掛齒。」

忽然優茉走近來道：「爵爺，歐曼小姐等你去說話。」

公爵道：「她在哪裡？」

優茉道：「在臥室裡。」

公爵道：「你去請她到客室裡等候，我馬上來。」說時站起來就走，荀及特忙阻止道：「且慢。」

公爵怒道：「我要走，你為什麼阻止我？」

荀及特從袋裡摸出一張紙來道：「我有一句話要告訴你。」

公爵對他臉上瞧了瞧，又看了看那張紙說道：「喔，知道了。」又回頭對優茉道：「你去對沙妮亞小姐說，我在大客室裡等她。」

優茉答應著走去，公爵又道：「你對她說，我和她只有五分鐘的談話。」

荀及特也道：「你請小姐穿了外衣和帽子到這裡來。」

優茉答應著出去後，公爵道：「你這樣逼迫人，為的又是什麼？」

荀及特展開那張紙道：「這是夫麥勒的囑咐，並不是我有意要為難。」

公爵道：「這張紙是什麼？」

荀及特道：「這是拘票。」

公爵一聽，跳起來道：「什麼，你要拘捕克律其納小姐？」

荀及特道：「正是。」

公爵道：「這個我不贊同，因你是個鬚眉男子，這樣逼迫一個弱小的女子，是什麼意思？」

荀及特道：「這要請你原諒，方才我盤問沙妮亞小姐，覺得很不滿意，她的答話非但支支吾吾，並且自相矛盾，很不確實，使人疑心。」

公爵道：「那麼你決定要拘捕她嗎？」

荀及特道：「一定要拘捕她，那囚車大約到門前了，她可以和宛克杜同去。」

當下公爵在室中往來踱著，活像熱鍋上的螞蟻，一會兒又道：「你當真要拘捕她嗎？」

荀及特道：「你要明白，我和克律其納小姐沒有什麼冤仇，加之她又生得楚楚動人，令人見而生憐，不過大家為公辦事，只能秉公辦理，其實心裡很過意不去呀！」

公爵這才低聲嘆道：「可憐的女孩，枉自聰明，既已拿了東西，為什麼要害怕，把手帕包拋去，使人據為鐵證，與奸犯同視，受辱不淺。」

荀及特聽了這話，大聲問道：「什麼？一個手帕包？」

公爵道：「是的，想不到這女孩子生著聰明的面孔，卻有著愚笨的腦子。」

荀及特道：「那手帕包的是什麼東西？快說！可是那副珍珠耳環嗎？」

公爵道：「除了這件東西，還有什麼呢？這事我還以為你早已知道的了。」

荀及特道：「究竟是怎麼一回事，我糊裡糊塗的，你說個明白吧！」

公爵道：「夫麥勒先生沒有把這事對你說過嗎？大概他要等到明天才和你說明，當他發現這件東西的時候，正巧你走開了。」

荀及特道：「可是拾得克律其納小姐的一個手帕包，那麼現在放在哪裡？」

公爵道：「他取出了那對珍珠耳環後，似乎沒有把手帕帶出，仍放在這裡的室隅。」

荀及特忙道：「他把那手帕丟了嗎？蠢驢，哪裡配做檢察官。」說時忙點上了燈，走到壁爐前，回首向公爵道：「那手帕在什麼地方？」

公爵道：「在隔壁第二間小屋中，但你既急於捕捉克律其納小姐，為什麼又要去找手帕，莫非這手帕也很重要嗎？」

荀及特道：「正是，那很重要。」

公爵道：「有什麼重要？」

荀及特道：「我現在雖正拘捕著沙妮亞小姐，知道她是有罪的，但究竟還沒有真憑實據，如今這手帕正是很好的證據，怎麼不重要呢？我一得了這個證據，便能拘捕她，並且可以證實她不是一個無辜的人，你想那牆上的空洞她既然知道，那麼她是賊黨之一絕對無疑了。」

公爵道：「你竟指她為賊黨嗎？唉，都是我不好，不該把事情全盤托出，使你一口咬定了她，壞了那女孩的大事。」

荀及特厲色道：「這種話可不應該是爵爺說的，摘奸發伏也是你應盡的職責呀！」說完便走到壁爐內，踏上木階。

公爵道：「可要我來陪你？」

荀及特道：「不必，我一個人去找罷。」

公爵道：「我知道那手帕的所在，我和你同去不是很好嗎？我一定要和你同去。」

荀及特道：「不用你一同去，因為你和我同去，也沒有什麼大的助益，倒不如我一人去來得快些，只要一二分鐘就完事了。」

公爵道：「那麼隨你去吧！」

當下荀及特便穿入洞內，公爵在外面側耳細聽，覺得隔牆的腳步聲漸漸遠了，這才冷笑了幾聲，開門出來，恰見波納淵坐在門口，沙妮亞也已穿了外衣，走上樓梯來，公爵急忙推門，故意高聲喊道：「荀及特先生，沙妮亞來了。」

說時，沙妮亞已走了進來，公爵便關上了門，低聲對她道：「現在已是千鈞一髮的時候，刻不容緩了。」

沙妮亞道：「爵爺，怎樣危急？」

公爵道：「你還不知道呀，荷及特已拿了拘票，要來拘捕你了。」

沙妮亞吃驚道：「那麼我一切都完了。」

公爵道：「不礙事的，別吃驚，你應該立刻離開這裡。」

沙妮亞道：「但荷及特早已派人嚴守各門，不許任何人出入，我如何能夠出去呢？」

公爵道：「你不要慌張，我自有辦法。」說時走到書桌旁，從荷及特的背心袋裡，取出那盒名片，拿了一張，模仿荷及特的筆跡，在名片上寫道：「准克律其納小姐外出，荷及特。」

剛巧寫完時，隔室已有腳步聲漸漸走近了，公爵不慌不忙走到壁爐前面，緊握了兩拳，向缺洞中張望，只聽那邊在叫：「公爵，公爵。」

公爵應道：「什麼事？」

荷及特道：「你不是說那手帕在右面一間小室中，左邊的角落嗎？」

公爵一聽，笑著道：「你弄錯了，我早說要幫你的，你卻執意不肯，空耗了這許多的時間，那手帕是在左面一間小室中，右面的屋角裡。」

荷及特道：「我剛才好像聽你對我說在右面的一間，現在怎說在左邊，莫非是我聽錯了嗎？」接著一陣腳步聲，又走開了。

當下公爵急急地走向沙妮亞身邊說道：「你快走吧！你只要把這名片給守門的一看，就可通行無阻了。」當下便把那名片遞給沙妮亞。

沙妮亞接了名片，支吾地道：「不過，不過，……這……」

公爵道：「別遲疑了，現在已不容有片刻延誤，快走吧！」

沙妮亞道：「不過這事太冒險了，萬一這事被荷及特查出，那你……」

公爵道：「你不必替我擔心，我自有我的計畫，只是你此去要到哪裡去呢？」

沙妮亞道：「我到斯泰附近的一個小旅館裡去，那旅館的店名我卻記不得了，但這名片……」

公爵道：「那旅館裡可有電話？」

沙妮亞道：「有的，是中央五五五號。」

公爵便拿起鉛筆，把號碼記在硬袖口上，又道：「明天早上，你接到我的電話後，須立刻到我家裡來，別忘記。」

沙妮亞道：「知道了，但這名片倘被荷及特知道了，怎麼辦呢？我絕不願使你為難的。」

公爵道：「我絕不會有為難的事的，你快走吧！」說時，用手扶住了沙妮亞的腰部，並肩走了過去。

沙妮亞柔聲道：「這事已足見你至情地看待我。」

公爵摟緊沙妮亞接了一個吻，把門開了，又故意道：「克律其納小姐，你可要車子？」

沙妮亞回道：「不用了，多謝你，祝你晚安。」說完，便姍姍地走了。

十八　舊照片

沙妮亞離去後，公爵關上了門，仔細地聽著外面的聲音。過了一會，聽得大門響了一聲，這才鬆了一口氣，臉上微露著笑容，便把荷及特的那匿名片放進了他的衣袋裡，又吸了一支香菸，坐在沙發中養神。

不多時，一陣匆匆的腳步聲，荷及特已從那木階上走下來了，公爵見他出了壁爐，露著懷疑的神情，說道：

「這可真奇怪了，我四面找尋，卻不見有什麼東西。」

公爵道：「那手帕你沒有找到嗎？」

荷及特道：「沒有找到，你說那手帕在二樓的一間小室中，這話可是確實的嗎？」

公爵道：「誰會騙你，你到底有沒有找到那手帕？」

荷及特道：「哪裡有呢？」

公爵道：「你究竟有沒有仔細地尋找，若是換了我，一定還要去找遍咧。」

荀及特道：「我也不是個粗莽的人，但自問可以不必去找了，不過這事有些奇怪，又很可笑，你以為怎樣？」

公爵笑道：「是呀，我也覺得這樣。」

荀及特看了公爵一眼，似乎很不滿意，當下便按了呼叫鈴，波納溫應聲走了進來，荀及特道：「波納溫，你快去叫沙妮亞小姐來。」

波納溫一聽這話，立刻露出驚詫的神情來道：「克律其納小姐嗎？」

荀及特道：「正是她，現在你可把她送到警署裡去了。」

波納溫道：「克律其納小姐早已出外多時了。」

荀及特道：「什麼話？」

波納溫道：「她已出去多時了。」

荀及特跳了起來道：「什麼……你瘋了嗎？」

波納溫道：「我並沒有瘋呀！」

荀及特大怒道：「是誰放她出去的？」

波納溫道：「守大門的放她出去的。」

荀及特道：「是大門上守著的人放她出去的嗎？但她必須持有名片才准放行的呀！

波納溫，你快去叫那守大門的來。」

波納溫便走出門去，在扶梯頂上高喚著他們，苟及特也跟了出來。

不一會，便有二個偵探走了進來。

苟及特一見到他們，立刻咆哮道：「你們在辦什麼事？那克律其納小姐並沒有持有我的名片，你們怎麼放她出去呢？」

一個偵探道：「她明明有你的名片呀！並且還有你親筆的簽名！」

苟及特道：「還有我的簽名嗎？那一定是假冒的。」說完便吩咐兩人出去，自己回到大客室內，很不高興地對著公爵看著，公爵卻從容地坐在沙發裡吸著菸，像是毫無心事的樣子。

過了一會，公爵忽然抬起頭來問道：「苟及特，你可曾把那可憐的女子拘捕，這種忍心的事，要是我做了的話，夜裡連覺也睡不穩了。」

苟及特道：「我沒有拘捕她，但她卻早已冒用我的名片逃走了。」

公爵欣然道：「喔，她逃走了嗎？這好消息我倒很願意聽，苟及特先生，你別取笑我，這個年輕的女郎委實可憐得很。」

苟及特道：「她年紀雖輕，但很配做亞森・羅蘋的同黨。」

公爵道：「你真的把她當作亞森・羅蘋的同黨嗎？」

荀及特道：「正是，我敢斷定她是亞森・羅蘋的同黨。」說時，滿臉狐疑地瞧著公爵，又問道：「但她那張名片又是怎樣弄到手的呢？」

公爵不答，態度立刻嚴肅起來，臉色十分可怕。

荀及特快快地看了公爵一眼，便走出客室，把門關上，對波納溫問道：「克律其納小姐是什麼時候走的？」

波納溫道：「約在五分鐘之前，她是和你在室內講過了話之後才出去的。」

荀及特大呼道：「什麼？她和我在客室內講過話嗎？」

波納溫道：「是的，她和你講過了話，然後走下樓去，一逕走出大門去的。」

荀及特聽了，氣喘喘地走近室內，摸出名片盒來細細把名片數了一遍，又呆呆地對著公爵看了一眼。

公爵笑了笑，一言不發。

荀及特把名片盒塞入袋內，又銳聲地喚著波納溫，波納溫推門進來，荀及特道：「那宛克杜已送入囚車了嗎？」

波納溫道：「早已去了多時了，那囚車在九點半的時候已經到了。」

荀及特道：「怎麼，那囚車在九點半就已經來了嗎？我叫他們在十點三刻來，怎麼來得這麼早，但早點也好，那宛克杜一起送去，我就放心了。」

波納溫又道：「那麼還有一輛囚車，可要叫他們回去？」

苟及特一聽這話，不禁跳起來道：「還有一輛囚車嗎？」

波納溫道：「正是，那是剛才來的。」

苟及特厲色道：「你到底在說些什麼？」

波納溫道：「先生不是命署中發兩輛囚車來的嗎？」

苟及特道：「哪裡？我且問你，宛克杜是哪輛囚車送走的？」

波納溫道：「當然是先來的那一輛。」

苟及特道：「車上的警察和司機你可認識？」

波納溫道：「不認識，大概都是新來的，他們說是雙鐵警署裡來的。」

苟及特恨恨地道：「笨賊，哪配做偵探。」

波納溫道：「什麼事？」

苟及特道：「中了人家的計，還說什麼事。」

公爵插嘴道：「你受亞森・羅蘋的愚弄了。」

波納溫道：「我委實不懂你們在說什麼話。」

苟及特怒道：「你還不懂嗎？蠢驢，你把宛克杜押入亞森・羅蘋的車子裡去了，那賊人的詭計真是可惡極了。」

公爵道：「他的本領的確使人佩服，竟能先料到宛克杜必會被捕，所以用囚車來混接她去。」

荀及特道：「事情很離奇，門外把守的是我手下的人，這裡的消息，怎會洩漏到外面去，裡面又沒有人走出去，二者之間絕無疏漏的地方，難道那亞森・羅蘋獨具神通，能夠預測這裡的事情嗎？」

說時，回身對波納溫道：「你在這裡張著嘴呆看些什麼，快到樓上宛克杜的臥室中去搜檢一番，手腳靈敏些，趕快去辦。」

波納溫答應著去後，荀及特在室內來回地踱著，搔頭摸耳，嘴裡不住地自言自語。公爵道：「荀及特先生，如今我才知道亞森・羅蘋確是神通廣大，單就那輛囚車看來，已是神秘莫測的了。」

荀及特憤然道：「他雖如此厲害，但總有一天會被活活的押入囚車，就是今天我若有個能幹的助手，也不致把宛克杜弄丟了。」

公爵道：「這件案情愈弄愈神秘了，恐怕不易進行吧！」

荀及特道：「我們當偵探，自有很好的法門，我早已對我的部下說過，我們當偵探的，心中必須放著『疑』字，無論任何人、事、物，都要用懷疑的眼光看它，這『疑』字簡直是我們當偵探的格言呀！」

公爵道：「是的，你們當偵探的生活，實在是很有趣。」

荀及特道：「有時雖很有趣味，但有時卻無趣得很……」

正說時，忽然電話鈴響了，荀及特急忙過去接道：「喂，是的，我正是偵探長荀及特，喔，你是夏木拉司爵邸中的園丁嗎？我且問你，昨天有誰到過你的花園裡？採那淡紅色的色爾菲花的又是誰？……」

公爵道：「這個問他做什麼？那是我採的。」

荀及特道：「爵爺別鬧，我知道的。」又向聽筒道：「昨天……沒有別的人……只有夏木拉司公爵嗎？……這是實話嗎？……你不會弄錯嗎？……好……我要問的只有這一件事，多謝你的報告，再會。」

說完，便掛斷了電話，回身對公爵道：「爵爺，你可曾聽清楚？那園丁說，昨天到花園裡去的只有你一人，採那色爾菲花的也只有你。」

公爵道：「本來就是呀，他這麼對你說的嗎？」

荀及特微微皺了皺眉，又對著公爵瞧著，這時波納溫推門進來報告道：「宛克杜的臥室，我已搜查過了，並沒有什麼可疑的東西，只有化妝台上有一本禱告的聖經，剛才警長沒有注意到，現在我拿來了。」

荀及特含怒道：「聖經有什麼用處！」

波納溫道：「裡面有一張照片，如今宛克杜雖已在逃亡，但將來若要通緝她時，這照片不是很有用嗎？」

當下苟及特翻開聖經，撿出那張照片，仔細一看道：「這照片大約是在十年前拍攝的，因為色澤已褪了不少。」說到這裡，又驚奇道：「咦，這照片是宛克杜的照片呢！你瞧她穿著一身禮拜日的新衣，還有一個十七八歲的少年站在她的旁邊。」

說到這裡，苟及特忽然注意那個少年起來，忽而湊近瞧瞧，忽而放遠瞧瞧，又偷偷地窺著公爵，公爵見苟及特在偷窺他，頓時露出不安的神態來。

苟及特的眼光何等銳利，早就看出他那種不安的神情來，便一步步逼近公爵，把全副的精神貫注在兩隻眼睛裡，不住地盯在公爵的臉上。

公爵道：「你為什麼老對著我瞧，難道我的領結打得不正嗎？」說時把胸前的領結按了按。

苟及特卻仍瞧著那照片道：「不，沒什麼。」

這時，樓下廳堂上傳來一陣談話聲，公爵道：「下面那些賓客快要散了，讓我去送他們吧！」說時便匆匆走出。

苟及特卻仍是兩眼盯著那照片不放。

公爵送完了客人，便和高來麥汀、歐曼二人緩步走上樓來。

歐曼對公爵道：「我父親今晚要到連司旅館中去過夜，他很不放心把我留在這裡，所以我也要和他老人家同去，因為亞森・羅蘋來時，勢必要大動干戈，我受不起這許多驚嚇，不過在我看來，苟及特有許多部下在這裡，未必會發生什麼事故的，並且我對那深夜的奔波有點消受不起，但優茉也叫我同去，說留我在這裡，總有些大不妥貼。」

公爵道：「亞森・羅蘋的性情很是和平，不致會發生什麼大意外，就是你住在這裡，也沒有什麼危險的。」

歐曼道：「但多數人說他是凶惡的，所以我也有些膽怯起來，現在我要去整理衣物，立刻要動身了，明天一早，優茉會到連司旅館替我整妝。」

說時，便匆匆地走上樓去。

公爵便也走進大客室內，見苟及特仍立在原處未動，低頭沉思著，似乎有心事的樣子，公爵對他道：「他們父女倆要往連司旅館去住宿了，你可能保護他們？」

苟及特道：「他們不留在這裡嗎？那也好，比較來得安穩些。」說時二目炯炯瞧著公爵。

公爵道：「你瞧我做什麼？難道我的領結還沒有正嗎？」

苟及特道：「不，並不，爵爺的領結很正。」說時，仍瞧在公爵的臉上。

忽然高來麥汀推門進來，手裡拿著一只小皮包，恨恨地道：「從此我不願住在這裡了。」

公爵道：「你為什麼要離開這裡？」

高來麥汀道：「住在這裡多麼危險，亞森・羅蘋的電報上，不是指明在今夜十一點三刻至十二點之間，要到這裡來偷取王冠，他知道那頂王冠藏在我的臥室中，假如他來時，我已睡著，不是有被他殺死的危險嗎？」

公爵道：「你既這樣膽小，何不去召十幾個警察來保護你呢。」說時對苟及特道：「苟及特先生，這事可能辦到？」

苟及特道：「可以，可以，高來麥汀先生，你盡可放心，亞森・羅蘋從來不肯輕易殺人的。」

高來麥汀道：「多謝你們的好意，不過我總以為離開這裡為安，免得多擔心，連睡也睡不熟。」

說時，歐曼也走了進來，身上已穿了外衣，對她父親道：「我本想不離開這裡，預備認識認識亞森・羅蘋。」

高來麥汀卻自顧提起他手裡的皮包道：「我已把那頂王冠藏在這裡，預備帶往連司旅館裡去。」

公爵道：「你預備帶去是嗎？」

高來麥汀道：「是呀，留在這裡，不是白白地送給那個惡賊嗎？所以我預備帶了去，那賊來時，叫他空跑一趟。」

公爵道：「那麼你認為這辦法究竟妥不妥當？」

高來麥汀道：「當然很妥當。」

公爵道：「但我的意見卻和你相反，那亞森・羅蘋再狡猾不過了，他電報上雖指明要在今晚午夜到此，但這裡防備的很嚴密，他如何敢輕易來嘗試？據我看來，他那電報是引誘你把那頂王冠帶走，他便容易下手了。」

高來麥汀頓足道：「不錯，這一點我卻沒有注意到。」

苟及特道：「爵爺的話很有道理，亞森・羅蘋或許正用著這條妙計，使你帶著王冠出走，他好趁你沒有保護的時候下手劫取。」

高來麥汀便摸出一把鑰匙來，開了皮包，忽而又關上了道：「公爵，我有話要和你講。」說時便拉著公爵向外就走，到了外面，低聲說道：「我對這案件有很多懷疑，那許多人裡，都有著可疑之處。」

公爵道：「你懷疑了我沒有？」

高來麥汀道：「現在不是打趣的時候，你看苟及特怎樣？」

公爵道：「這話什麼意思？」

高來麥汀道：「我的意思，是說苟及特這人是否可以信任他？」

公爵道：「我看還可信任，好在有我在，隨時可監視他，我雖敵不住亞森・羅蘋，但一個苟及特還可以擋得住，若他取了那頂王冠，我便把他的頸項折斷下來。」

高來麥汀沉思了一回，說道：「好，那就信任他吧！」

當他倆在這裡談話時，裡面的苟及特又取出那張宛克杜和一個少年合攝的照片來。

歐曼道：「這照片似乎很久了，上面的顏色也褪落了。」

苟及特道：「正是，大約攝在十年之前。」

歐曼道：「這照片上的婦人似乎很面熟，但那少年卻不像公爵。」

苟及特道：「我把它和公爵仔細對照起來，實在很像。」

歐曼道：「約略有些相像，但十年之間變化了不少。」

苟及特道：「他的面貌，變化了不少嗎？」

歐曼道：「正是，從前他往南極探險的時候，經歷了無數的風霜雨雪，期間又害了一場大病，幾乎死去。」

苟及特道：「他害過大病嗎？」

歐曼道：「是的，那時他正在曼搭維迪洼，現在已經復原了。」

這時，高來麥汀和公爵一同走進來，高來麥汀在桌上打開皮包，取出那只馬洛科皮匣來，又把皮匣打開，大家的視線都集中在那頂王冠上。

高來麥汀嘆息著道：「多美麗的東西呀！」

公爵道：「真的美麗極了！」

當下高來麥汀闗上皮匣，託付苟及特道：「苟及特先生，現在無論什麼事情，都要託付你了。你是我家的恩人，冠冕的保護一切都得仗你的大力，請你不要推辭。」

苟及特道：「高來麥汀先生，我絕不推辭，一定忠心你的事，請放心。」

高來麥汀猶豫了半晌，才把王冠交給苟及特道：「苟及特先生，我慎重的拜託你了。」

苟及特道：「承你看重，絕不使你失望。」

於是高來麥汀和歐曼二人一同說了聲晚安。

忽然公爵嚷道：「你們現在都離開這裡麼，那我也要和你們同去，因為已改變方針了。」

苟及特忙呼道：「爵爺須留在這裡。」

公爵道：「我在這裡又沒有什麼用處，不如好好地睡一覺。」

苟及特道：「爵爺在這裡有些害怕嗎？」

公爵微微皺眉道：「苟及特先生，你一定要我留在這裡？」

高來麥汀急道：「留著，留著，你是荀及特的一個好助手，因為你是個探險家，很有冒險性，膽量又大，哪會害怕呢？」

歐曼也道：「那麼埃克，你就不去了吧！」

公爵道：「那麼也好，我決定留在這裡，幫助荀及特先生行事。」

歐曼道：「我看你今天不如休息，那樣在明天晚上我們參加公主的舞會時，精神會比較好些。況且你又沒有睡過，從八點鐘離開夏木拉司邸第後，直到今晨六點鐘才到達巴黎，一夜的路程，也受了不少的風霜。」

荀及特悄聲自語道：「八點鐘到六點鐘，一夜的路程。」

這話公爵並沒有聽到，只對歐曼答道：「不妨的，好在過了這半夜後，便可休息了。」

歐曼道：「埃克，我先和你聲明，今夜你休息與否，我都不過問，但明天晚上，公主的舞會裡，巴黎的大半名媛都會到，你無論怎樣忙碌，也得和我同去。」

公爵道：「明天晚上，精神一定會好的，你大可不必過慮。」

不一會，四人一齊下樓而去，荀及特寸步不離的跟著公爵。

到了大門口，那守門的開了門，大家一同走下石級，見早有一輛馬車停著，公爵親了親歐曼的手，扶著她上了車。

高來麥汀走到車門前，黯然回顧道：「難道我從此便永遠不能住宿在自己家中了嗎？」說完，長長地嘆了一口氣。

公爵目送那車子遠去，才回身進來，荀及特也跟了進去。

到了大廳，公爵取了衣帽，急急地登樓，剛走到半梯上，忽然站住，回頭向荀及特道：「荀及特先生，我們該在哪裡守候那亞森・羅蘋？大客室裡嗎？還是高來麥汀的臥室裡？」

荀及特道：「還是大客室裡的好，我想那亞森・羅蘋不會到高來麥汀的臥室裡去搜那頂王冠的。」

公爵點了點頭，便一直走進大客室內。

荀及特道：「爵爺，你且在這裡等著，我需得去調度那些偵探們咧。」

公爵道：「很好，你去吧！」

荀及特出去後，公爵便在沙發裡坐了下來，燃著一支香菸，又打了一個哈欠，摸出手表來一看道：「再等二十分鐘。」

十九　巨盜和名探

不多時，荀及特進屋來，臉上已失去了先前的鎮靜態度，滿現不安，手裡拿著古董，左右蹀個不停，兩眼時時瞧著公爵。公爵對他看時，他又避向他處去，過了一會，他走到壁爐前面，便倚在壁爐架上。

公爵喚他道：「荀及特先生，你倚在壁爐上很危險的，若是亞森・羅蘋從那缺洞裡趁你沒有防備時跳出來，你不免要給他所擒咧。」

荀及特道：「有爵爺在這裡，不論遇到什麼危險，你總能救我的。」說時，兩眼更加炯炯有光，貫注在公爵的身上。

公爵道：「我也不過是個無能之輩，萬一遇到危險，怕不會有助於你吧！」

荀及特道：「爵爺出身富貴，本不應輕易嘗試冒險，即如昨夜在路上的奔波，多麼辛苦，要是我早知有這一回事，方才絕不敢強留你在這裡幫助我了。」

公爵道：「這話是什麼意思？」

荀及特道：「我說你昨天從八點鐘趕路，直到今早六點才到巴黎，不知可是那汽車的馬力不足？」

公爵道：「我坐的是一百匹馬力的汽車。」

荀及特道：「那麼中途汽車有損壞？」

公爵道：「正是，那汽車已經很舊，開沒多久便出了問題，我對於汽車的修理雖然略有了解，但究竟不大熟悉，所以在中途足足耗了三個小時，才把汽車修好。」

荀及特道：「那時有人幫助你嗎？」

公爵道：「沒有，我那司機須在夏木拉司爵邸第中看守門戶，是我獨自駕駛而來的，加之那時正是午夜二點鐘的時候，路上絕無行人。」

荀及特道：「喔，路上沒有行人。」

公爵道：「正是，一個也沒有。」

荀及特懷疑地道：「那倒很不幸。」

公爵沒有回答，摸出香菸匣來，對荀及特道：

「你要抽根菸嗎？」

荀及特道：「很好，多謝你，請給我來支菸。」

說時又瞧著公爵道：「這事實在很奇怪，哦！實在太奇怪了。」

公爵望著苟及特道：「什麼事奇怪？」

苟及特道：「奇怪的事多著呢！數也數不清，像你的香菸，淡紅色的色爾菲花，聖經裡的照片，穿汽車服的少年，還有你路上汽車的損壞，一切都很奇怪，簡直是莫名其妙。」

公爵聽了，便從椅子裡立了起來，說道：「苟及特先生，你莫非喝醉酒了嗎？」說時取了他的外衣和帽子，回身想走。

苟及特突然跳起來道：「別走，你不能走。」

公爵道：「這是什麼意思？」

苟及特頓時臉色變成灰白，以手撫頰，退後幾步道：

「爵爺請你原諒我，我真的快瘋了。」

公爵冷冷地道：「我看也差不多了。」

苟及特道：「請別惱怒，我請你留在這裡，原是請你幫助我對付亞森・羅蘋的，並無其他的用意，請你答應我的請求。」

公爵這才放平了語氣道：「本來我很願意幫助你，不過你方才的樣子，真使人不愉快呢！」

苟及特道：「不錯，不錯，千萬請爵爺原諒。」

公爵道：「那好，以前的事可以不必提起，現在預備做什麼事呢？」

苟及特用手帕抹額上的汗珠道：「那頂王冠仍是在這皮包裡嗎？」說時，把皮匣放在桌上。

公爵不耐煩地說道：「這個何用多說，當然安在。」

苟及特打開皮匣，見那頂王冠珠光寶氣，映在燈光下面，逼得人們眼睛也睜不開來，激動地道：「爵爺，王冠在此，你可瞧見了嗎？」

公爵道：「早已瞧見了。」

苟及特道：「我們就開始等候吧！」

「等候什麼？」

「除了等候亞森・羅蘋，還有誰呢？」

「你以為一到十二點鐘，那亞森・羅蘋果真會來偷取這頂王冠嗎？」

「是的，他是一個行動家，說什麼便做什麼，和尋常口是心非的人，全然不同。」說時把皮匣關上。

公爵聽了，大笑道：「他真的會行動嗎？」

苟及特微笑道：「爵爺，你也覺得害怕嗎？」

公爵搖搖頭道：「這倒不，今夜確實是個很好的機會，我很想和那十年來與你大偵探苟及特為難的巨盜亞森・羅蘋一見。」說時，便在桌旁一張沙發裡坐下。

苟及特也在桌子另一面的椅子上坐下，把手放在桌上，二人靜默了好久，忽然公爵開口道：「有人來了。」

苟及特道：「真的嗎？我怎麼沒有聽到。」說時，果然一陣腳步聲從外面傳來，由遠而近，接著門上響起了扣門聲。

苟及特道：「爵爺，你的聽覺比我來得靈敏，倒很配做偵探家。」說時起身開門。只見波納溫進來道：「我已把手銬帶來，要不要放在這裡。」

苟及特道：「不必放在這裡，你快去派兩個人守在後面，兩個人把守前門，屋內所有房間也都每間派一個人守著。」

波納溫道：「我已經每間派三人守了。」

苟及特道：「那麼隔壁一間呢？」

波納溫道：「也已派了十二個人守著，兩面已經斷絕了。」

苟及特向公爵望了望，又對波納溫道：

「無論何人，要是跨出這裡的大門一步，立刻把他抓住，必要時開槍也無妨，這是我的命令，趕快傳話出去。」

波納溫答應著出去後，公爵大笑道：

「這裡防守這樣嚴密，可算得一座防禦大敵的砲臺了。」

荀及特自豪道：「爵爺，砲臺也沒像這般嚴密呀，外面的扶梯上我也派了四個人守住。」

公爵吃驚地道：「扶梯上也派人守著嗎？」

荀及特道：「正是，爵爺大概不怎麼贊成吧！」

公爵道：「你這樣重重嚴守，叫亞森・羅蘋怎樣進來呢？」

荀及特道：「且看他用什麼大本領進來偷取這頂王冠，除非他從天花板下來，否則除非……」

公爵道：「除非你就是亞森・羅蘋。」

荀及特道：「也許你就是亞森・羅蘋，爵爺。」說罷，彼此都開懷大笑起來。

當下公爵打了個哈欠，起身取了外衣，一面說道：

「坐在這裡乏味極了，還是去睡一會吧！」

荀及特道：「怎麼，你要去睡了嗎？」

公爵又打了個哈欠道：「我坐在這裡的目的，是要見一見亞森・羅蘋，現在他既無法進來，我還空等些什麼呢？」

荀及特道：「總能使你和他見面。」

公爵道：「別哄我了。」

荀及特道：「爵爺，他早已在這裡了。」

公爵驚道：「當真嗎？」

荀及特道：「自然真的。」

公爵道：「他在哪裡？」

荀及特道：「在這裡。」

公爵道：「他混在你的部下冒充著偵探嗎？」

荀及特給公爵丟了一個冷眼道：「這個恐怕未必。」

公爵便把帽子放在桌上冠冕的旁邊，安然說道：「那麼我們趕快把他拿住吧！」

荀及特道：「我也是這麼想，但他有沒有這種膽量呢？」

公爵道：「我可不懂你這話的意思了。」

荀及特道：「你不是說過這裡很像一座砲臺嗎？在一小時之前，也許他還敢進來，現在可沒有這種膽量了。」

公爵道：「荀及特先生，我倒真的以為亞森・羅蘋在這裡了，誰知你竟然是開玩笑的。」

苟及特道：「或者他早已在這裡了，不過沒有揭穿他的假面具罷了。」說時聲音有些特殊，雙目直注著公爵，似乎要尋釁似的。

公爵也向他瞧著，臉色很是驚訝，一會兒，才開口道：

「你認識我還沒有多久，和他相識卻已有十年，他名譽可也不惡呀！」

苟及特正色道：「但在這十年間，我也屢次揭穿他的黑幕，並沒有失敗到什麼地步，只是沒把他拿住，這樣看來，我也沒有失去什麼面子呀！」

公爵道：「這些事倒也實在有趣。」

苟及特大聲道：「那賊的詭計，我已了然於胸。我還預備在白天和他決鬥一下，分個強弱，看誰得到最後的勝利，那亞森・羅蘋雖然有著膽量和勇氣，但總不過是賊膽賊勇罷了。」

公爵聽說，銳聲說道：「喔，賊膽賊勇嗎？」

苟及特道：「不錯，他不過是偶然得了勝利，失敗也在眼前了，他實際上有什麼本領呢？」

公爵道：「不過我也沒有見過真正有本領的偵探。」說時四目相接，雙方不肯相讓，似乎預備要鬥毆似的。

過了一會兒，苟及特才道：「爵爺，你別把亞森・羅蘋看作是傑出的人才。」「爵爺」二字，語氣很是尖銳、輕蔑。

公爵仍是笑道：「但他做的事很有合理的地方，並且很有手腕，你們這些偵探，在他的眼裡，真是些碌碌庸才罷了。」

苟及特道：「你未免把他的身價抬得太高了。」

公爵道：「我們評論人物，都得以公平為準，像昨夜做的事，便很有些卓絕的本領，就拿偷汽車一事來說，便很不容易做到。」

苟及特只是冷笑著，沒有回答。

公爵道：「他在一個星期裡，曾經行竊了三處，第一次在英國公使館裡，第二次在國庫裡，第三次在里冰家裡，在第三次的往返偷竊，竟安然到手，這又是什麼本領呀！」

苟及特道：「這有什麼稀奇？」

公爵道：「但他還有一次曾扮作你，你可知道嗎？」

苟及特道：「這個我不知道，但你為什麼不把還有一件事說說呢？」

公爵道：「哪一件？」

苟及特道：「他有一次竟扮成夏木拉司公爵。」

公爵道：「當真嗎？但事實也許如此，因為我和你的一舉一動，都是值得人家模仿的。」

苟及特道：「爵爺，他非但假冒公爵，並且還做著一個大富翁的女婿。」

公爵道：「他竟有這等野心嗎？假冒公爵還不夠，還想貪圖大富翁的女兒，但他究竟是一個強盜，哪配享有這種豔福呢？」

苟及特譏笑地道：「有這等大家產和這樣美麗的女人，假冒一次公爵，倒也值得。」

公爵道：「恐怕他並不是真正鍾情於富家女的身上，另外還有他屬意的人呢！」

苟及特冷笑道：「他即使另有屬意的人，也不過是一個賊。」

公爵道：「照我看，她大約是一個中等社會的人物。」

苟及特道：「但我卻替亞森・羅蘋可惜，他和那富翁的女兒已有了結婚的日期，為什麼急於除去他的假面具，寧可放棄一個如花似玉的美人兒，卻單單去偷取那些嫁妝呢？」

說時，目光更顯得銳利，直注在公爵的臉上，公爵卻微笑道：

「這是他自己的主見，我們局外人哪裡猜得出呢？」

苟及特大笑道：「好一個縱橫一世的大盜亞森・羅蘋，今天卻做了籠中之鳥，他明天預備參加公主舞會，但我們卻要請他光臨警署，嚐嚐這鐵窗風味。一直以來安閒舒適的夏木拉司公爵，今晚卻少不得要身穿囚衣，手戴鐵銬，從他岳父家裏坐進囚車，被送往監獄裡去，那十年來受他戲弄的荀及特，也總算出了一口胸中的積怨，報了天大仇恨，想你得到了這個消息，也要為我額手稱慶吧！」

公爵站起來道：「痛快得很。」

荀及特也跟著站了起來道：「你也以為痛快嗎？」

公爵道：「實在痛快。」

荀及特道：「我的心裡正有說不出的痛快呢！」

公爵道：「這怕未必，我知道你心裡很不安，不過是虛張聲勢，略壯你的膽量罷了。」

荀及特道：「你以為我是虛張聲勢嗎？何以見得呢？」

公爵道：「你別害怕，我的確是夏木拉司公爵。」

荀及特道：「你別說謊了，四年前，你從雙鐵越獄逃走，你的的確確是亞森・羅蘋，我早已瞧破你了。」

公爵道：「你把我看作亞森・羅蘋，可有什麼證據？」

荀及特道：「當然我能證明你是亞森・羅蘋。」

公爵怒道：「不要亂講，我是夏木拉司公爵。」

荀及特聽了，仰天大笑起來。

公爵道：「別笑，你只能捉拿亞森・羅蘋，但不能捕捉我夏木拉司公爵，我是上流社會中的人物，又是喬寬俱樂部和葉武俱樂部的會員，住在大學街B字三十四號的邸第中，還是歐曼小姐的未婚夫，你敢得罪我嗎？」

荀及特罵道：「惡賊，萬惡的狗強盜。」

公爵也大嚷道：「好，好，快來捉我吧，快叫鐵匠來釘了手銬，並且也快些指出證據來。」

荀及特道：「惡賊，我有證據。」

公爵冷冷地道：「你的證據，只怕等到我結婚後一星期才能指出來，今夜可不能動我一絲一毫！」

荀及特道：「惡賊，可惜現在沒有其他人在這裡，否則你說的話，便是最有效的鐵證。」

公爵道：「你何苦這樣性急，證據是不能平白捏造出來的，夫麥勒先生告訴我，你一遇到亞森・羅蘋的案件，便像瘋了一般，如今看來，委實確切得很。」

荀及特道：「你且不要得意，今夜這冠冕總在我的手中了。」

公爵道：「且慢，老友。」說時舉手向客室裡的門上一指道：「你瞧，這門背後是什麼？」

苟及特急忙依著他指的方向看去，眼睜睜地瞧了好久，公爵才笑起來道：

「沒有什麼，我不過跟你開一下玩笑罷了。」

苟及特怒道：「誰要和你開玩笑。」

公爵仍笑著道：「我看你真太可憐了。」

苟及特道：「你說什麼？」

公爵道：「我看你很可憐，你瞧那時鐘上的短針一分一分地過去，你心裡的恐懼也漸漸增加起來，……」

說到這裡，頓了一頓，忽又突然喊起來道：

「留神著！」

苟及特不知道是什麼事，立刻跳了起來，公爵大笑道：「這麼看來，可見你已萬分心虛了。」

苟及特氣得說不出話來。

公爵又道：「苟及特先生，你且靜待著，最後的勝利往往決定在最後的五分鐘內，現在不必多講，須知我並不是和你開玩笑的。」說時目中露出凶光來，先前的笑容已完全消失，臉上滿現著凶惡的神情。

苟及特支吾道：「我絕不怕你，須知道我手下的人已密布在這裡，任你有什麼天大的本領，我都不怕你。」

公爵淡淡道：「你得記著，你不論遇到什麼案件，總是自命不凡，等到你把案情的大概猜透，將達到成功的時候，每每會在你得意的時候突然生出枝節來，使你前功盡棄。你且記好，那亞森・羅蘋要等到你快要成功的時候，才會給你一個迎頭痛擊，正像你在走樓梯，剛走到梯頂時，突然一拳把你打下樓來，你就可慢慢的得意呀！」

荀及特道：「那麼你自己承認是亞森・羅蘋了嗎？」

公爵譏諷道：「你早已把我看作亞森・羅蘋了，還多問些什麼？」

當下荀及特便從衣袋裡取出一副手銬來，恨恨地道：「今夜你總不能逃出我的手掌心了。」

公爵道：「恐怕你沒有這個本領。」

荀及特大聲道：「怎麼說？」

公爵道：「你既已知道我就是亞森・羅蘋，為什麼不把我拿下？」

荀及特道：「我還得等你三分鐘，等你偷了這頂王冠我再拘捕你。」

公爵道：「等到三分鐘後，那頂王冠已落在我手上，就是你把我拿住，也沒有意義了呀！」

荀及特道：「喝！我立誓，今夜一定要捉住你。」

公爵道：「立什麼誓呢？只剩兩分鐘了。」說時，手裡拔出了手槍。

苟及特見了，連忙也拔出手槍來大喝道：

「大膽的強盜！」

公爵道：「只剩最後一分鐘了。」

苟及特道：「我這裡人手眾多，絕不怕你的。」說完，舉步便往門邊走。

公爵喝道：「怯懦的東西，你敢走？」

苟及特一聽這話，頓時吃驚起來，茫然回到桌子旁，渾身顫抖個不停，兩眼不住地閃動著，額上也滾下汗珠來，很費力地舉起手槍來瞄準公爵道：「你若稍微動一動，我立刻就開槍。」

公爵道：「我是夏木拉司公爵，明天就拘禁你。」

苟及特道：「你不必恐嚇我，我是不怕的。」

公爵道：「只有五十秒了。」

苟及特道：「好，我就看著你。」說時，兩眼不住地把公爵和王冠輪流地看著。

公爵道：「再過五十秒，那頂王冠就要屬於我的了。」

苟及特道：「絕不會失去。」

公爵道：「一定會失去。」

荀及特大聲道：「絕不會。」

這時兩人的視線都集中在鐘上，那鐘擺和平時一樣毫不留情地走著，這時二人的視線接觸，兩個靈魂似乎已在決鬥，兩人的聽覺和視覺同時並用著。

等到聽到五十秒的最後一秒時，兩人一齊伸手去奪那頂王冠，荀及特用力按住了皮包，公爵卻另外去取他的帽子來。

荀及特得意地道：「哈哈，如今那頂王冠已在我的手中，你可沒有辦法了。亞森・羅蘋，王冠你拿到了嗎？」

公爵道：「你真的保住了那頂王冠嗎？」

荀及特道：「那是當然。」

公爵大笑道：「你且拿起這匣子來，看重量可有變動？」

荀及特失聲道：「什麼？」

公爵道：「這匣子裡的王冠是假的，那頂真的王冠早已在我的帽子裡了。」

荀及特大怒道：「惡賊，惡賊，……波納溫！大塞！」

他高呼了幾聲，接著便有五六個偵探一擁而入，這時荀及特已經倒在椅子裡，氣喘吁吁，一時說不出話來。

公爵卻皺著眉道：「各位，那頂王冠已被亞森・羅蘋偷去了。」

眾人一聽這番話，都圍在苟及特的身旁，向他問那具冠冕失竊的情狀，公爵卻趁空笑笑走了出去。

苟及特休息了好一會兒才張開眼來瞧看，很疲乏地問道：「他在哪裡？」

波納溫道：「誰？」

苟及特大呼道：「就是公爵啊。」

波納溫向四下裡一看道：「他早就走了。」

苟及特一聽這話，跳起來顫聲說道：「快追，快去追他，捉住他，別讓他逃了……」

二十　逃出虎口

在大學街B字三十四號的夏木拉司公爵邸第中，有一間吸菸室，位在這幢屋子的一樓，和臥室相連接著。

室內的陳設很華麗，放著許多舒服的沙發和躺椅，壁上懸掛著許多名畫，盡頭有一條走廊，左邊放著一座書架，堆著的書，大半都是高深的科學書籍，由此便可瞧出屋主是個博學之士。

在窗前，站著一個人，他就是亞路來，這時正微微地揭開窗簾，偷看著下面街上的景色，他還是昨天的亞路來，不過模樣兒已有些改變。

當他到夏木拉司邸第中拜望高來麥汀的時候，並不是他本來的面目，而是喬裝成另外一個人，如今已回復了原狀。

他臉色白皙，眉髮呈著淡黑色，上下唇也沒有蓄著髭鬚，身上穿著夏木拉司爵邸中僕人的制服。

在室內，還有一個婦人在來回踱著步，神情似乎很焦急，她就是女管家宛克杜。門的前面，勃南德靠在那裡，臉上帶著恐怖的神情。

一會兒，亞路來從窗前走過來，欣然說道：「好了，大門上的電鈴已在響了。」

勃南德道：「不對，這是大廳的鐘聲。」

宛克杜道：「那麼現在已是七點鐘了，他在哪裡呢？他預定在昨晚十二點鐘拿到那頂王冠，怎麼直到現在還沒來呢？」

亞路來道：「大概是有人監視他，所以不敢到這裡來。」

宛克杜道：「我已把升降梯放下去，倘他來時，一定從秘密門裡來的。」說完便到走廊邊去望著，又屏息凝神地聽著。

亞路來過來一看，叫道：「咦！你為什麼不把這升降梯關上，這樣開著，叫他怎樣上來呢？」

宛克杜忙道：「是我一時心亂了。」說時，便伸手在牆上的一個機鈕按了按，只聽得一陣聲響，那升降梯的門立刻關了。

宛克杜又道：「我們打一個電話給傑仕汀，問問他好嗎？」

亞路來搖搖頭道：「傑仕汀未必知道，問他也是無用。」

勃南德抖抖地道：「那麼到外面去探聽一下。」

宛克杜道：「他總會安然歸來，絕不使我們失望的。」

亞路來道：「萬一事機洩漏，警察們到這裡來時，那便如何是好？」

宛克杜道：「警察來時，我們當然免不了要被捕了。」

勃南德道：「恐怕我們的主人此刻已被他們拘捕了。」

宛克杜正色道：「你別說這些喪氣的話，我們耐心地等候吧！」說完，便在室中往來踱個不停。

過了一會兒，又走到窗前向下望著道：「那兩個人還在樓下窺探嗎？」

亞路來急忙呼道：「快過來，萬一露了臉被人瞧見，如何是好？他們還在咖啡店的門前死守著。」

忽然宛克杜驚呼道：「你快來瞧瞧，那邊有兩個人在奔跑。」

亞路來道：「是的，那兩個人一個是銅匠，一個是偵探。」

宛克杜急忙走到門前，用手握著把柄道：「他們正向著這裡來嗎？」

亞路來道：「不，並不。」

宛克杜道：「那就好。」

亞路來道：「他們在咖啡店門前，似乎在和那兩人講話，……哎呀，不好了，他們四人都來了。」

宛克杜抖著道：「向這裡來嗎？」

亞路來放下了窗簾，喘氣道：「向這裡來了。」

宛克杜驚慌失措地道：「倘他們從大門裡來，那我們都要被捕了。」

說時，大門上響起一陣鈴聲，三人都嚇得動彈不得，半晌才聽得升降梯上起了聲響，正在升上來，接著機門開處走出一個人來，正是那假夏木拉司公爵，真正的亞森・羅蘋。

只見他渾身沾滿汙泥，衣袖也撕破了一角，左腳上的靴底已少了一塊，襪子也破了，足上血跡斑斑，臉色也十分灰白，兩眼無神，脣上完全沒了血色，走過來時，口裡喘個不停。

亞路來一見，歡呼道：「好了，你終於來了，好極了。」

宛克杜道：「你受傷了嗎？」

亞森羅蘋道：「沒有。」

忽然大門上又響起一陣鈴聲，亞森・羅蘋鎮定地喚亞路來道：

「亞路來，你去穿了背心，下去開門，不過開門的時候，須裝作摸索門鎖的樣子，慢慢地開，多拖些時間，我可以在裡面有充分的準備。」

又喚勃南德道：「勃南德，你快將書架遮住走廊，宛克杜，你去躲起來。」

說完便匆匆地走進臥室，隨又關上了門。

宛克杜和勃南德飛也似的逃了出去，宛克杜逕自上樓逃去，亞路來慢慢地走下來，勃南德把牆上的機鈕一按，升降梯的門便關上了，接著又按了另一個機鈕，那書架便漸漸移向走廊的一面，恰恰把走廊遮住。

亞路來走到了大門口，假裝摸索那門鎖的樣子，嘴裡喃喃地道：

「誰在外面敲門，一早趕來做什麼？」

外面的人連聲催促道：「快開。」

一陣陣的鈴聲，鬧得烏煙瘴氣，約莫過了三分鐘，亞路來方才來開門。開到一二寸距離的時候，又探出頭來望了一望。

這時門外的人已等得不耐煩了，便一齊衝入，把亞路來直衝開去，進來的便是大塞和波納溫。

這時他倆飛也似的趕上樓去，大門上也有一個棕色皮膚的警察把守著，他倆走完樓梯，互相瞧了一眼，頗有遲疑的樣子。

波納溫道：「我們沒命的奔來，仍是一點眉目也沒有，不知道他到底逃到哪裡去了呢？」

大塞道：「大概他還沒有到這裡，我們比他先到，總逃不到哪裡去了。」

波納溫走到前室裡，說道：「你剛才看清楚是他嗎？」

大塞道：「的確是他，怎麼會看錯呢！」

這時亞路來早已走上樓來，見他們正要跨進吸菸室時，便喝止道：「你們怎麼這樣魯莽到這裡來，我們爵爺正在睡覺，不要驚醒了他。」

大塞冷笑道：「還撒什麼謊話，你家爵爺昨夜奔逃了一夜，現在恐怕還沒有回來吧！」

正說時，臥室的門開了，亞森・羅蘋揉著倦眼站在門檻上，一臉的睡容，身上穿著睡衣，活像是剛被吵起來的樣子。

當下他開口問道：「你們鬧得我睡也睡不著，究竟有什麼事情？」

大塞等見了這個情形，不覺都驚疑起來。

亞森・羅蘋皺著眉道：「你們兩人在這裡吵什麼？喔，我記起來了，你不是那偵探長苟及特的部下嗎？」

波納溫道：「正是，爵爺。」

公爵道：「你們來此有什麼事嗎？」

波納溫支吾地道：「沒有什麼，爵爺，是我們一時弄錯了。」

亞森・羅蘋道：「你們弄錯了嗎？這倒不能怪你們，一定是那苟及特的糊塗所致，我得和他講話，現在你們去吧！」說完又對亞路來道：「你送他們出去。」

於是亞路來把門開了，兩人頹喪著出去，心裡只是暗暗叫苦。亞路來把他們送出了大門。

二人走下石級時，大塞道：「今天我們倒楣極了，哪知這次上了苟及特的大當。」

波納溫道：「我就說公爵不是假的，你只要瞧他的舉止多麼大方，哪裡有絲毫賊相。」

這裡亞森・羅蘋打發了兩個偵探出去後，便倒在一張躺椅裡，閉著兩眼嘆道：

「累死我了！」

忽然宛克杜走了進來，匆匆地走到他的面前，連連地道：

「親愛的，辛苦了。」

說時把羅蘋的手不住按摩著，嘴裡又說著許多親愛的話，宛如慈母對愛子的口吻，羅蘋卻依然閉著眼睛，不發一言。

這時亞路來也進來了，宛克杜道：「你快去弄早膳給他吃。他已疲倦的不得了了，今天早晨又沒有吃過一樣東西，一定餓得很。」

又對亞森・羅蘋道：「親愛的，你要用早餐嗎？」

羅蘋很低地回答道：「好的。」

宛克杜便吩咐亞路來道：「快去拿來吧！」

亞路來奉命出去後，宛克杜慘然道：

「你為什麼喜歡幹這種危險的勾當呢？難道你從此不再改變了嗎？現在你的面色實在可怕得很，我卻不忍看你，親愛的，你快說呀！」

說時俯身下去，把亞森・羅蘋的腳擱在椅子背上，羅蘋伸了伸腿仍是閉著眼道：

「宛克杜，我昨夜實在危險極了。」

宛克杜道：「你受驚了嗎？」

亞森・羅蘋道：「這事你絕對不可說給別人聽，昨夜，我一會兒在那老笨蛋面前掉換那頂王冠，一會兒又幫你和沙妮亞脫逃，暗中實在替我自己擔憂，我本來也想趁機走了，但我又有意要作弄苟及特，哪知因此給他看穿了真相，當時他便叫了他的許多部下進來。」

宛克杜插嘴道：「苟及特揭穿了你的假面具嗎？」

亞森・羅蘋道：「他早已看穿了我真相，那時我趁機逃了出來，後面便有十幾個人追趕上來，把我逼迫著。我因前夜從這裡趕到巴黎奔波了一夜，精神已有些不濟，跑得不很快，跑了多時，見他們仍在後面緊追趕，當時真把我急壞了。」

宛克杜道：「那麼你為什麼不在中途隱蔽的地方躲避呢？」

亞森・羅蘋道：「他們幾十隻眼睛都集中在我的身上，叫我怎樣躲避呢？於是我又跑了一會，他們和我的距離更近了，相隔只有五尺光景，那時我正跑到一條橋下，下面便是塞納河，我情急生智，想來與其被他們拿住，倒不如死在水中乾淨。」

宛克杜道：「那你跳下去沒有？」

羅蘋道：「哪肯跳下去，我在江湖上已混了幾十年，冒險的事情也不知做過多少，這回我豈肯輕易自殺呢？等到跑過了橋，那追趕的也愈加近了，於是我便想著再逃一程，萬一無法避免，我便拿槍來自殺，可是像我這樣的人物，倘真的被那些無名小輩逼死時，那也未免太不值得了，於是我只得再往前跑。

「那時忽然振作起來，說也奇怪，腳下頓時快速起來。那些追趕的人已落後了不少，但仍有一個拼命的奔上前來，然而距離始終無法拉近。這一來又跑了不少的路，我已跑得精疲力竭，力不從心。

「幸而那些追趕的人也走不動了，走了一兩分鐘，大家已到街上，那時我的腿力又回復過來，正待往前跑時，那人呼喊了起來，兩人距離三碼光景，我也無法逃避，等他追到我時，我突然向下一蹲，他沒有提防到這一招，被我用力一摔，大概他的頸骨難免要斷折了。

「那時我已跑到巴黎城外，又力奔了半里路光景，才止步休息一會兒，到了這時我已疲乏不堪了，就是有人叫我用十萬法郎來買一個鐘頭安睡，我也情願。但是睡在路旁，究竟是不行的呀，於是我只得竭力支撐著回來，大概總不會有人看破我吧！現在我已安然脫險，你且等著，不久沙妮亞也會過來的。」

宛克杜嘆道：「又是一個女子呀！你做事總離不了女子，但有時也往往為了女子而受累。」

羅蘋道：「你可知她是一個美麗的女子，我實在很愛她。」

宛克杜道：「你簡直是個風流貴公子，但你怎樣回來，還沒有說給我聽。」

亞森・羅蘋道：「我在城外休息了一個多鐘點，才慢慢地踱進來，和這裡相差約有二里路的地方，當時我正預備僱車回來，哪知又出了岔子，忽然，有一個人從旁邊一條小街上跳出來，大聲喊著追我，我一看，正是那獵犬大塞，於是，我又拔腳飛奔起來，拐了許多彎，他已瞧不見我了，我才走到這裡，從秘密門裡上來。」

說時，臉上露著勝利的笑容道：「我親愛的宛克杜，你想，昨夜的事可不是我生平冒險史上的一個重大紀念嗎？」

二十一 消失的王冠

正說時，亞路來推門進來，手裡拿著一個餐盤，對亞森・羅蘋道：「早餐已經預備好了。」

亞森・羅蘋道：「很好，我已餓得不得了啦！」

當下宛克杜和亞路來收拾了一張桌子，把盤裡的早餐搬上桌來，亞路來嘮嘮叨叨地問著，但羅蘋卻一句話也沒有回答，把身體靠在椅背上，長長地嘆了一口氣，這時他那灰白色的脣上已恢復了紅色，臉色也漸漸好看起來，他便走到桌子邊坐了下來。

亞路來道：「我真佩服你的本領，不論有多少人和你為難，但你總能夠無恙的歸來。」

亞森・羅蘋道：「但這其中的危險，也只有我自己消受得下。」說完便動手進他的早膳，似乎飢餓至極，吃得津津有味。

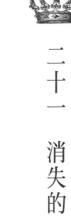

不多時，亞路來走了出去，宛克杜替亞森・羅蘋把糖調入咖啡裡去，亞森・羅蘋且吃且笑道：「剛才我已餓得精神都沒有了，現在吃了些東西，覺得舒服多了。」

宛克杜道：「嗯，你的聲音也響亮了些，不過我有一句忠實的話要勸你，像你這樣老是做著這種勾當，總有一天會遇到一場大大的沒趣，我看你還是及早改邪歸正，免得將來後悔。」

這幾句話，宛克杜句句鄭重地說著，但亞森・羅蘋卻像沒有聽見一樣，另用閒話岔開道：「我吃完了早餐，還得洗個澡。」

宛克杜責備道：「我這樣屢次勸告你，原想使你走入正軌，但你總是假裝沒聽見，你該替自己想想，倘操你這種生涯，長此以往，終有一日大禍將臨頭，到那時，這世界恐怕沒有你的容身之地了呢。昨夜你唆使我做的事，我雖做了，但直到現在心裡還老不大自然。」

亞森・羅蘋道：「你在我的面前不要說這種話，我聽了怪厭煩的。」

宛克杜尖聲道：「我本是個誠實的婦人，是誰都知道的，前天晚上，做下了那大膽的事，還是有生以來的第一次，但也是為了你。」

亞森・羅蘋道：「這事我也覺得有些妙，想不到你竟肯幫我，現在請你替我倒杯咖啡來吧！」

宛克杜替他倒了杯咖啡，又繼續道：「你應該知道我一向很愛你的呀！」

亞森・羅蘋笑著道：「我也很愛你啊。」

宛克杜道：「想你的母親在世的時候，我常和她說你的事，如今你幹著這種勾當，你母親若是地下有知，可憐的她不知要怎樣悲痛呢！」

亞森・羅蘋道：「提到我的母親，她在世時，被社會欺侮的可憐至極，甚至被逼得飢寒交加而死，我之所以幹這種勾當，就是要懲罰社會，為我母親報仇，你想想我母親的靈魂會不會悲傷？」

宛克杜嘆道：「不必說了，這也是你自己天賦如此，當你七歲的時候，就和別的孩子截然不同了，常常興風作浪，東撞西闖，早學會偷東西了。」

亞森・羅蘋道：「那時我不過胡亂偷些，並沒有什麼意思。」

宛克杜正色道：「你從那次偷竊以後，便接二連三的行竊，偷糖果，偷錢幣，那時你雖只有七歲，但已是一個小賊了，今年已經二十八歲，居然變本加厲，成為一個大盜了。」

這時亞森・羅蘋正在吃糖果，勸慰道：「宛克杜，你也不要為我生氣成這樣。」

宛克杜道：「你的心地，我未嘗不明白，我知道你劫富濟貧，是一種慈善的心腸，因你始終如一地抱著這個宗旨，所以我對你這種行為，不忍過分責備你。」

亞森・羅蘋聽到這裡，笑著說道：「多謝你說我的好話。」

宛克杜道：「但你為什麼定要做那賊徒呢？」

羅蘋很溫和地瞧著宛克杜道：「親愛的宛克杜，這個連我自己也莫名其妙，就讓你替我想想吧！」

宛克杜道：「你自己做的事，我怎能知道呢？」

亞森・羅蘋默想了一會兒，才說道：「老實告訴你，社會上的職業，我都做過了，醫生也做過，法律也學過，戲劇老師也做過，這些還不去說它，我還和那萬惡的苟及特一樣地當過偵探呢！我看破了世界上種種的黑幕，貧富貴賤，分著重重的階級，我看了很覺忿忿不平，因此我便憑著我的本領做起賊來，我對這種勾當覺得很有意思，覺得世上的一切事物都可以假冒，在這幾個月裡，我居然堂堂皇皇地做著公爵，富貴顯赫，多麼有趣，但這種幸福，何嘗不是因為做賊而得到的呢？」

宛克杜道：「做賊也有趣味的嗎？」

亞森・羅蘋道：「有趣得很，我瞧過多少大富豪，沒有一個不是吝嗇得一毛不拔的，他們把金錢看得比性命還重，一張小小的支票，比他們的妻子還來得值錢，像那肥蠢如豬的高來麥汀，也是為富不仁的一分子，我只拿了他幾幅名畫，他竟如致了命似的叫冤喊屈起來，但我的脾氣也古怪，他們愈是這樣大驚小怪，我愈是喜歡為難他們。

「昨天晚上的事，也可說是我生平第一快事，你想，那別墅裡的偵探星羅棋布，而我卻毫無顧忌地和那苟及特對抗，終於被我贏得最後的勝利，並且還拿到了那頂王冠，叫那名震全法蘭西的大偵探家也跌上一個跟頭，你想，不是很有趣嗎？

「現在你再瞧一瞧，像這樣豪華的夏木拉司爵邸，也是由做賊而得到的，所以一個人只要能夠作賊，人生的一切幸福都能隨意得到，宛克杜，我還得告訴你一句話，現在世界上做人，至少須做一個大藝術家，或者大軍人，否則須做一個有名的大盜。」

宛克杜道：「別亂講了，你今年已經二十八歲了，應該把腦筋改一下，把做賊的思想除去，接受新的智識進去，我看你這人除了愛情之外，便沒有其他方法使你改善了，所以我很想勸你早些結婚。」

亞森・羅蘋道：「這話很是不錯，要我洗心革面，重新做起好人來，除了用愛情來引誘我以外，便無其他法子了，我也正這麼想著呀！」

宛克杜聽到這裡，很欣喜地道：「你真的有這種想法嗎？」

亞森・羅蘋笑著道：「我對這個念頭已存在多時了。」

宛克杜道：「那麼你有屬意的人了嗎？」

亞森・羅蘋笑著道：「已經有了。」

宛克杜欣然道：「真的嗎？你那意中人可是出於真正的愛情嗎？那麼她的容貌

怎樣？」

亞森・羅蘋道：「容貌美麗得很，和天上的天使一樣。」

宛克杜道：「很好，那麼她的膚色如何，雪白的還是微黑？」

亞森・羅蘋道：「這個倒不甚仔細，只知道她身材嬌小，簡直和仙女一樣。」

宛克杜道：「那人到底是誰，平日做什麼事情的？」

亞森・羅蘋笑著道：「她嗎？也是做賊的。」

宛克杜聽了，不禁大呼道：「上帝呀，你們一旦結成夫婦後，不是成了一對鴛鴦大盜了嗎？」

亞森羅頻道：「她雖然做著賊，但無論是誰見了她總是會喜歡她的。」說時，吸著一支雪茄，繼續說道：「她雖然偷人家的東西，但比我的偷竊還要有意義，並不像別的竊賊一樣，並且，她還很痛恨那偷竊的行為咧。」

宛克杜聽了這話，才露出歡喜的神情來道：「那麼她做這種事情，定是出於不得已的，否則絕不肯犯這種事情的。」

亞森・羅蘋聽了也沒有回答，站起身來，一面瞧著宛克杜，一面在室中踱著，一會兒翻翻架上的書籍，臉上堆滿著笑容，一會兒又道：

「昨夜忙碌了一夜，現在有時間休息了，我本想安睡一天，但那萬惡的苟及特，這次必不肯放過我，他一定要來找我的麻煩，所以我還不知能不能安睡呢！」

宛克杜道：「親愛的，你盡可放心安睡。」

亞森・羅蘋又道：「你以為我那意中人是誰？就是那沙妮亞・克律其納小姐。」

宛克杜道：「就是沙妮亞？那孩子確實可愛，我平時也很喜愛她，但方才你為什麼無故說她是個賊呢？」

亞森・羅蘋道：「那當然另有道理。」

二人正談論時，亞路來走進來道：「早餐用好了嗎？如今可要拿走？」

羅蘋點了點頭，忽然電話鈴響了，羅蘋走過去拿了聽筒說道：

「你是歐曼嗎？早安，多謝你，我昨夜很安好，你有事要和我當面談嗎？你在連司旅館裡等我嗎？」

宛克杜急道：「別去，這次去會有莫大危險的。」

羅蘋並不作答，仍對著聽筒說道：「知道了，現在我衣服還沒有穿好，半小時或三刻鐘後，我定和你相見，現在我不能馬上到你那裡去，心裡也很著急的，再會吧！」

亞路來道：「這是他們的詭計，你別上他們的當。」

亞森・羅蘋道：「沒關係，我必須和她見個面。」

宛克杜道：「怎麼去呢？歐曼既已曉得昨夜的事，今天叫你，顯然是個圈套，等你一到那裡，他們便把你捉進警署，你既已逃了出來，怎麼能再自投羅網呢？」

亞森・羅蘋道：「的確，那夫麥勒和那些偵探正在那連司旅館裡談論那頂王冠的重量，但你們仔細想想，他們要捉拿我，也須有證據，他們一無證據，怎能捉拿我？我料那苟及特不久便出現了。」

亞路來道：「那麼昨天他們為什麼要苦苦的追捕你呢？」

亞森・羅蘋道：「這個何須再問，他們追我的目的，當然要搶還那頂王冠，幸虧沒有被他捉住，我才得以脫險歸來，那兩頭獵犬追到我時，我又假裝從睡中醒來的樣子，這種玄虛，除了苟及特以外，沒有人能夠識破。但縱然苟及特要捉我，毫無憑據，又怎能捉我呢？我有一件很重要的東西，日後必須發表出來。」

說時，用手指著一只嵌在牆裡的小鐵箱，說道：「那頂王冠就藏在這裡，還有一件最重要的東西，就是那夏木拉司公爵臨終的遺囑。」

說時走到臥室裡，取出一個鑰匙來，另外又拿出一個皮包來，開了那鐵箱，把那真正的蘭白而公主的王冠和一本手冊一同取了出來，把手冊放在桌上，那頂王冠卻藏回皮包裡去，又繼續說道：

「我有了這張遺囑，便有恃無恐了，萬一我真的被苟及特捉住，他卻不能誣告我謀害夏木拉司公爵。我在江湖上縱橫十年，從未傷過一條性命。」

宛克杜道：「是呀，你本是個心慈的人。」

亞路來道：「這卻未必，因為當他病著的時候，你倘蓄意要謀害他，那你盡可在他藥裡放些毒藥下去，很容易毒死他，況且那裡又沒有醫生可以證明。」

亞森・羅蘋道：「亞路來，你怎說出這種可怕的話來。」

亞路來正在抹著桌子，便答道：「我當然有我的理由，試問你那時若沒有害他之心，那麼你為什麼不設法拯救他呢？」

亞森・羅蘋道：「誰說我沒救他，我和他素稱莫逆，並且我和他的面貌，簡直是毫無分別，我初次見他的畫像時，也不禁稱奇起來，亞路來，你可曾記得三年前到高來麥汀家去初次行竊時的情形嗎？」

亞路來道：「記得啊，那時我見了那小照片，就說很和你像，哪知過了幾天，你忽然失蹤，誰料到你偶然觸動了心機，到南極去找尋這位公爵，後來居然被你尋到了，和他結為朋友，直到死時方才分別。」

亞森・羅蘋道：「可憐的公爵，但那時和他同居一處，也險些把我一世的英名毀盡，幸而我鼓足了勇氣，不辭千里跋涉，安然返里，才有今日的幸福，現在我要打電話給沙妮亞了，喔，且慢，恐怕她還睡著咧，讓我先換去了睡衣，再打電話給她吧！」

說時，打了個哈欠，向亞路來道：「你去打盆水來替我理髮。」說完轉身走入臥室，那手冊仍放在桌上。

宛克杜見他去後，嘆道：「可憐他自命不凡，卻過著這種盜賊的生涯，這是人人所唾棄的呀！」

亞路來道：「我料他總有一日大禍臨頭，少不得連我們也拖在裡面，所以我們不如及早收拾收拾，溜之大吉，免得事到臨頭，徒悔無益。」

宛克杜道：「我也這麼想，倒不如離開巴黎，回到鄉下去過那農村生活的好。」

當下亞路來收拾餐盤，宛克杜倒了一盆水來，替亞森・羅蘋理完了髮。

忽然大門上一陣敲門聲，接著電鈴大響，亞森・羅蘋忙道：

「亞路來，你快下去，看來的是什麼人。」

亞路來急忙放下剃刀，走出客室中，剛到梯頂，早瞧見波納溫在緩步走來，嘴裡裝著假鬚，身上穿著連司旅館的下人服，亞路來只做不知，正色喝道：

「你是什麼人？為什麼不從下人的邊門裡走進來？還要胡亂地按著爵邸大門的電鈴，太無禮了。」

波納溫聽了，很和氣的告罪道：「請你原諒，我實在是第一次到這裡來，並不知道這裡另有下人出入的門戶。」

亞路來道：「那麼下次需得小心，別再這樣放肆，你找這裡來有什麼事情？」

波納溫道：「我是送信來給夏木拉司公爵的。」

亞路來道：「那麼你把信給我，我呈進去便是了。」

波納溫道：「不敢勞駕你，書信必須我親手交給爵爺。」

亞路來道：「爵爺剛起來不久，還未整裝完畢，你且等一會兒。」

當下領了波納溫走進前室，波納溫卻只顧往吸菸室走去，亞路來忙喊道：

「你要走到哪裡去？在這裡坐下等一會兒吧！」

波納溫依言坐下等著，正在這時。忽然大門上又響起敲門的聲音，亞路來急向四下一瞧，飛步下樓而去。

這裡波納溫悄悄地站起來走進吸菸室，見裡面杳無一人，便進去，走到電話機旁，摸出小刀，割斷了電線，又向四下裡一望，瞥見桌上放著一本手冊，便立刻拿起塞入袋裡。

正在這時，亞森・羅蘋卻開了門出來，一眼瞧見波納溫，便銳聲問道：

「你在這裡做什麼？」

波納溫道：「我有一封信，必須親手交給夏木拉司公爵。」

亞森・羅蘋便伸手出來道：「那麼就給我吧！」

波納溫道：「但爵爺在哪裡呢？」

亞森・羅蘋道：「我就是公爵。」

波納溫便把一封信交給公爵，正想走時，羅蘋低聲說道：「且慢，也許有回信。」說時露出得意的神色，波納溫卻沒有瞧出來。

恰巧亞路來走進來，嘴裡喃喃地罵著，原來方才他開門出去時，卻沒見到一人。

這時，亞森・羅蘋已拆開了信，仔細地看著，瞧他的臉上時時起著變化，原來那信上寫道：

苟及特先生已把一切告訴過我了，那沙妮亞小姐我已知道了她是個女賊，但你卻很是喜愛她，直到現在，我才知你和她是同黨，現在我且舉出兩件事情來證明，夏木拉司公爵已在三年前死了，應由達來耳齊爾承襲他的遺產和爵位，因此我的終身大事，也將因此而轉移目標。

高來麥汀小姐上，侍女優茉代筆。

亞森・羅蘋看完之後，搖著頭道：「她寫這信，大概很不起勁吧！」說時便喚亞路來道：「亞路來，你也代我寫一封信。」

亞路來不願意地道：「怎麼？要我代筆嗎？」

亞森・羅蘋道：「是的，因為她寫代筆的信來，我當然也以代筆的信回覆她。」當下便口述一信道：

高來麥汀小姐：

昨天我回邸中來，十分安好，請你放心，今看你的來信，說要改嫁他人，當然我也不能阻止你，今天下午，我定當命人敬送一份薄禮，為那未來的達來耳齊爾夫人祝賀。

夏木拉司公爵敬覆，僕人亞森代筆。

亞路來聽到「亞森」二字，不覺倒抽一口氣道：「我要把亞森二字寫上去嗎？」

羅蘋道：「這是很好的名字，怎可不寫上去呢？」

波納溫聽了，兩眼不住地瞧著亞路來。

亞路來寫完，吸乾了墨水，投入信封，又寫了收信人，交給亞森羅蘋，羅蘋接過來轉交給波納溫，說道：

「你去吧，把這信拿給高來麥汀小姐。」

波納溫接過信，拔腿就走，冷不防被亞森・羅蘋從背後跳過來，把他捉住，喝令不許聲張，又對亞路來道：

「亞路來，你在他衣袋裡搜回我的手冊來。」

亞路來聽說，便從波納溫的衣袋裡搜出那手冊。

羅蘋喝道：「你做的事哪能瞞得過我，現在放你回去，對你的同事說，我不是個好惹的人。」

說完，又在他背上重重地打了一拳，波納溫被他打得向前衝了幾步，回頭看看亞森・羅蘋，見他從亞路來的手中接過手冊，翻了翻，驕傲地道：

「你去對荀及特講，他和我既有過不去的地方，不妨大膽的親自到我這裡來。」說時又對亞路來道：「亞路來，你送他出去。」

波納溫走到門口，恨恨地道：

「你且小心著，十分鐘內，荀及特就要來拜訪了。」

亞森・羅蘋聽說，低聲答謝：「多謝你的警告。」

二十二 心理戰

亞路來送出波納溫後，便喚了宛克杜和勃南德一同走進吸菸室裡來，羅蘋仍得意地道：「十分鐘後，苟及特要來捉我了，你們三人必須趕快逃才是。」

亞路來道：「前後門都有人留意著，叫我們怎樣出去呢？」

羅蘋道：「那秘密門沒有被人看破，你們盡可從那裡到柏山的屋子裡等我好了。」

當下亞路來和勃南德急忙走到書架，按了機鈕，書架立刻轉了開來，二人便開了門，到了升降梯上，宛克杜走到門口，忽又立定了向羅蘋道：

「你就……來嗎？」

亞森・羅蘋道：「我等一會兒也會從秘密門裡出來的。」

宛克杜回頭對亞路來道：「你們先下去吧！我要和他同行。」

於是一陣機器響動，升降梯便慢慢地下去了，羅蘋急忙走過去，想打一個電話，宛克杜急忙阻止道：「不要打電話了，現在時間如此緊迫，那班狗偵探一到，我們便沒法脫身了。」

羅蘋道：「這電話一定要打的，否則那沙妮亞不知所以，茫然撞來，豈不是使她自投羅網嗎？」

說道，便拿起話筒來聽了好久，驚訝道：

「咦，怎麼那接線的沒有聲音，難道他沒聽到嗎？」

說時，又把電話機搖了一陣，宛克杜道：

「我們不如先走，你有話到她那裡去說，不是一樣的嗎？」

羅蘋頓足道：「但我不知道她人在哪裡呀，昨夜她雖和我說過，但我早已忘記了呀！」說完又對著話筒大喊道：「有人嗎？快接到斯泰附近的小旅館裡去。」

接著又自語道：「但斯泰附近有著二十多家小旅館，叫他們接到哪一家去呢？」說完又亂搖了一陣電話機，忽然瞥見電線已經被割斷，失聲道：「哎呀，這電線已經被割斷了，我倒沒有瞧出來，這一定是那天殺的苟及特……」

話猶未了，宛克杜著急道：

「現在電話線既已斷了，就是有話也難以傳達，我們還是馬上走吧！」

亞森・羅蘋道：「我怎能走呢？」

宛克杜道：「那麼你死守在這裡做什麼呢？」

羅蘋一手牽住宛克杜的臂膊，臉上露著慌張的神情說：「須知沙妮亞在八點三十分就要出發到這裡來了，現在已經八點二十五分，我如果不用電話通知她，她哪裡會知道這裡有危險呢？」

宛克杜聞言道：「但你死在這裡，於事無益，萬一苟及特來時，豈不是要被他捉住了嗎？」

羅蘋執著地道：「那樣我也甘心。」

宛克杜拉著他的手道：「快走吧，他們快要來捉你了。」

羅蘋掙脫了手，走到書桌旁，打開抽屜，取出一只八吋見方的匣子來說道：「他們要來捉我嗎？我也不會就此束手就擒的。」

宛克杜道：「不必多講了，你的本領很大，哪會給他們捉住，但我以為還是趁早走的好，至於沙妮亞小姐，我想他們不會怎樣為難她的，你快隨我來吧！」

羅蘋堅決地道：「我絕不走。」

宛克杜道：「你真的不走嗎？那麼我也不走。」說時，把牆上的機鈕一按，那升降梯的門立刻關了，書架也移回原處，宛克杜便在一張椅子裡坐下。

羅蘋見了，十分吃驚。

宛克杜道：「我愛你正和你愛她一樣，你既因她而不走，我也因你而留下！」

羅蘋說了許多的話勸她離開，拉她的手，推她的肩。不一會兒已到了八點半，大門上的電鈴亂響起來，宛克杜已嚇得目瞪口呆，羅蘋卻現出預備決鬥的神情來。

宛克杜顫聲道：「是沙妮亞來了嗎？」

羅蘋道：「不，來的定是苟及特。」

說時，跳了起來，脣邊露著笑容，嚴正地道：「這次我不妨和他較個上下，趁此我又可以做一次夏木拉司公爵了。」

又對宛克杜道：「你且下去開門。」

宛克杜顫聲道：「你叫我去……放……他們進來嗎？」

亞森・羅蘋道：「是的，你把大門打開，便逃到附近等候沙妮亞，見她來時，叫她千萬不可進來。」

宛克杜道：「苟及特若是立刻把我拿住，又如何是好呢？」

羅蘋道：「這個你可以不必擔心，你把大門打開後，便藏在門後，苟及特的來意是捉亞森・羅蘋，所以這些他絕不會注意到的，你在門後等他們上樓後，便溜到外面去，至於我這裡還有三十分鐘可以支撐，好在這十二分鐘內，沙妮亞一定會來的，你見了她，就和她一同到柏山的家裡去等著，我遲早會趕來的。」

當下宛克杜鼓足勇氣，走下樓去，羅蘋走進吸菸室裡，坐在一張安樂椅上，嘴裡吸著香菸，拿起一張報紙來瞧看，態度非常鎮靜。

一會兒，樓梯上傳來腳步聲，接著荀及特推門進來。

在荀及特的心裡，以為此來羅蘋一定已經溜走，誰知他正安閒地在看報，倒反而愣了一愣。

羅蘋放下了報紙，向荀及特笑了一笑，荀及特忙走過去道：

「爵爺，早安啊！」

羅蘋也裝著夏木拉司公爵的口吻，微笑答道：

「早安，荀及特先生。」

荀及特道：「對不起，你在這裡等我嗎？」

公爵道：「這倒不是，因為時間寶貴，所以我在早晨照例把家務事料裡清楚，只是昨天那頂王冠失竊後，你也辛苦了呀，這事實在不幸極了，無論是誰都不會想到有這一手的。」

荀及特又上前幾步道：「你這屋子真華麗得很，畢竟是有錢人的邸第。」

羅蘋道：「不見得吧，今天你來得太匆忙，我事前並沒有預備，實在怠慢得很，我這裡的僕役都被貴部下嚇得無影無蹤，所以不能依禮款待來賓。」

苟及特道：「這個何用擔心，你的僕役，我都能捉他們回來。」

羅蘋道：「客人理應請坐，有話坐下再說。」

苟及特便慢慢地走過來，把帽子除去，拋在桌上，在一張椅子裡坐下，和亞森・羅蘋相對著，但羅蘋仍是不動聲色。安然問道：

「你來此帶著拘票了嗎？又經夫麥勒簽過字了嗎？」

苟及特道：「正是。」

羅蘋道：「我且問你，你的敵方到底是亞森・羅蘋，還是夏木拉司公爵呢？」

苟及特道：「那冒名夏木拉司公爵的亞森・羅蘋，便是我的敵人。」

羅蘋仍冷冷地道：「那你為什麼不立刻就動手捉我呢？」

苟及特瞧著公爵道：「亞森・羅蘋，我本可立刻把你捉住，但我須得和你玩玩，現在你得知道，你的生死存亡都在我的掌握之中，你對自己已失去一切主控權了。」

羅蘋道：「你有這種權力嗎？」

苟及特道：「當然有的。」說時兩手搭在膝上，又道：

「你可知道沙妮亞・克律其納小姐現在在哪兒？」

羅蘋道：「你知道她的行蹤嗎？」

苟及特道：「知道。」

公爵道：「她在哪裡？請快告訴我。」

苟及特道：「斯泰附近的一家小旅館裡，恐怕你也知道的吧！」

公爵道：「那邊有電話嗎？號碼是多少？」

苟及特瞧著電話道：「那是中央五五號，你想和她說話嗎？」

公爵露著漠不相關的樣子，淡然說道：「我有什麼事要和她談話？」

苟及特道：「沒有什麼事情嗎？」

羅蘋道：「當然沒有，不過，我以為她是個弱女子，像你這種大人物，何苦這般注意她呢？你的冤家是我，對頭是亞森・羅蘋，你要拘捕的人也是這個人，但那女子你卻不應去和她為難的呀！」

說時話聲漸高，又道：「苟及特，你用任何方法來為難我，我都不會理會，但要是你有一點冒犯那女孩，我不會和你干休的。」

苟及特道：「這個很容易，我對付那女子，全是因你而起的。」

羅蘋道：「因我而起的嗎？」

苟及特道：「是的，我允許你這邊的一個人自由。」

羅蘋道：「誰？」

苟及特道：「就是你時時刻刻不忘的沙妮亞・克律其納小姐。」

公爵罵道：「可惡，你竟拿她來要挾我嗎？」說時在室內徘徊了一回，說道：「那麼你真能讓她自由嗎？」

荀及特道：「這是我特許的。」

羅蘋質問道：「可以拿你的名譽做擔保嗎？」

荀及特道：「可以。」

羅蘋道：「那要怎麼做呢？」

荀及特道：「把一切罪案都歸在你的身上，如此她便可以脫罪。」

羅蘋道：「沒有問題，那麼你拿沙妮亞的自由來和我交換些什麼？」

荀及特道：「很多，古董、繡幕、王冠，還有夏木拉司公爵臨終時的遺囑等等，都得拿出來交換。」

正說時，忽然大門上的鈴聲響了，羅蘋忙道：「且慢，待我想想。」

一會兒，扶梯上有人走上來，室門開處，大塞站在那裡。

荀及特道：「是什麼人？」

大塞沒有回答，羅蘋搶著道：「你的條件我都答應你。」

大塞等他說完才道：「是一個商人，要不要把他留下？」

羅蘋又道：「來的是個商人嗎？那你的條件都不能照辦。」

苟及特向大塞道：「既是個商人，那也不必去為難他。」

大塞應聲去後，苟及特道：「你怎麼又不願意了呢？」

羅蘋道：「是的，我不能允許。」

苟及特站起來，往門口走去道：「你既不願意，我便把那女子監禁起來，看她可受得了這鐵窗的滋味。」

羅蘋反問道：「你可有她犯罪的證據？」

苟及特道：「當然有。」

羅蘋恨恨地道：「惡賊，我今天雖被你逼得原贓交出，但總有一天，我會再從你的手裡奪回來。」

苟及特冷哼道：「這個當然，你一出了獄，當然仍能和我惡作劇了呀！」

羅蘋道：「現在你不妨把我送進監獄吧。」

苟及特道：「我須等你把贓物交出，答應我的條件，我方可開罪你。」

羅蘋道：「不必多講，快把我拘禁起來。」

苟及特道：「那麼，你到底答應我的條件沒有？」

羅蘋道：「不，你要拘捕克律其納小姐，須得有證據，你憑空說她偷珍珠耳環，既沒有親眼目睹，又未捉到贓證，捉人豈有這樣隨便的？苟及特，老實告訴你，我在江湖橫行十幾年，從沒有失敗過，難道今天為了一個女子，竟肯束手就擒嗎？」

這時苟及特倒弄得沒法起來，忽然電鈴又響了，苟及特立刻歡喜起來，羅蘋卻又呆住了。

不多時，大塞探頭進來道：「長官，現在來的是沙妮亞。」

苟及特大呼道：「快拿住她，我這裡有拘票。」

羅蘋大呼道：「你不能傷害她。」說時猛向苟及特撲來。

苟及特避過了他，大喊道：「暫時把沙妮亞看守住。」

大塞領命出去後，羅蘋道：「現在快決定，我要是把東西都交了出來，你可不能有一絲一毫傷害納克律其納小姐，並且須立刻准她自由行動。」

苟及特道：「可以依你。」

羅蘋道：「還有，倘若以後我仍把東西取回，和她可不相干。」

苟及特轉眼一想道：「沒問題。」

羅蘋道：「那麼就這樣吧，那本手冊是關於夏木拉司公爵臨終時的文件，那些繡幕和古畫，我已寄存在貝鐵奴爾的白蘭汀雜物庫裡，我平時偷的東西，也都放在那裡，收條夾在這本手冊裡，收條上並不是簽署著我的名字，乃是寫著貝鐵奴爾物主皮山微安先生，這人現在正在各處遊玩，目前不會立刻回來。」

說時便取出那本手冊，交給苟及特，苟及特接過來檢點清楚後，塞入胸口的袋裡，又道：「還有那頂王冠呢？」

羅蘋道：「就在你腳邊那堆衣堆裡的一只皮包裡。」

苟及特又如言取得了冠冕，又道：「還有你那支手槍也得交出來。」

羅蘋道：「這個你並不列在條件之內呀，不過事已如此，交出來也無妨了。」說時便把手槍拋在桌上。

苟及特拿在手中，對羅蘋看了一回，才道：「現在可以請你把手伸出來，要上手銬了。」

二十三　真假公爵

羅蘋一聽，大聲嚷道：「還叫我戴手銬嗎？好，既然被你們捉住了，一切都不用說了。」

說時，現出一種怪異的表情。

荀及特取出手銬來道：「快伸出手來。」

羅蘋央求道：「請允許我和那女子會一面，因為這是最後一次了。」

荀及特允許他和她相見，當下羅蘋伸出手，荀及特便把手銬替他戴上，又走到門口道：「大塞，你去告訴沙妮亞，准許她自由，但得叫她到這裡來一次。」

羅蘋漲得兩頰通紅，退後一步道：「我戴著這東西怎好見她？」說時又俯下頭去。

荀及特卻自顧走到門外，不一會，樓梯上有了聲音，接著聽到荀及特的說話聲：

「小姐，我已准許你自由，這回多虧爵爺拯救你，你才能恢復自由，現在先去向他道一聲謝吧。」

沙妮亞道：「我全仗公爵救出的嗎？」

苟及特道：「正是。」

說時，沙妮亞已走進室內，眼中含著感激的淚珠，放出嬌滴滴的聲音來道：

「今天又是你救我的嗎？感激得很。」說時伸出手來要和羅蘋握手，這一來卻把羅蘋急壞了。

沙妮亞見他不伸出手來，並且又把身子轉了過去，心裡以為公爵在輕視自己，因此變色道：「這是我的錯，我不該到這裡來的，那麼請見諒，再會吧！」

羅蘋急忙把身子側轉一半，哀聲喚著沙妮亞。

沙妮亞回頭道：「你不用多講了，是我的不是，不該誤入情網，又做了賊，所以不能怪人拋棄我呀！」

亞森・羅蘋道：「那麼你知道我是怎樣的一個人呢？」

沙妮亞道：「什麼？」

羅蘋道：「我不是夏木拉司公爵，我也是一個賊呀！」

苟及特道：「他就是亞森・羅蘋。」

沙妮亞退後一步道：「真的嗎？」

遂上前說道：「好，那麼你一定要為我下獄了，上帝，我感激祢。」說時迎上去，雙臂抱住了羅蘋的脖子，深深地接了一個吻。

荀及特便退了出去，吩咐警察去送囚車來，這時沙妮亞和羅蘋連連地接著吻。

羅蘋感動地道：「這真使我意外，世上竟有你這樣的人，聽了我的名字，不但不畏懼，並且還肯來親近我。我將痛改前非，重新做起好人來。」

當下二人又連接了幾個吻。

荀及特走了進來，說道：「時候到了。」

忽然，波納溫從前室裡急急地走進來道：「長官，我已查出了那扇秘密的門，現在要設法去開那門了。」

荀及特道：「那麼這案子便算完全破案了，亞森・羅蘋，快隨我走吧！」

當下羅蘋和沙妮亞道了聲再見，又親了一個熱吻，沙妮亞出去後，荀及特催促著亞森・羅蘋出去，但羅蘋卻一味支吾，又向旁邊的一張椅子裡躺了下去，荀及特連連催促著。

羅蘋站起身來，掙脫了手銬，說道：「荀及特，你該知道，我是不容易屈服的呀！如果方才沙妮亞沒有這種多情的表示，我也情願跟你下獄了，但誰知她竟這般多情，因此我不能輕易把她拋棄了，苟及特！我今天如果不能逃出你的牢籠，也得和你拼個你死我活。」

這時苟及特走向門口，喚著那些部下，羅蘋卻走到桌前，打開方才放著的一只匣子，裡面乃是一個炸彈，羅蘋取在手裡，又走到書架前，按了按那機鈕，書架立刻移了開去，升降梯也升了上來。

苟及特和三個部下奔了過來，羅蘋高舉炸彈，喝道：「退下，你們可知道這東西的厲害嗎？這是猛烈的炸彈呀！」

苟及特仍吩咐部下衝上去捉人，羅蘋道：「你們敢來嗎？」

苟及特道：「敢！」

當下三人一起衝過去，捉住羅蘋的手，羅蘋拼命掙脫，突然跳向前去，趁機把那藏著冠冕的皮包向後拋入升降梯內，這舉動大家都沒有注意到。

這時羅蘋又高舉炸彈道：「快還我的手冊。」

苟及特道：「不還。」

大塞道：「生命為重，快還了他吧！」

羅蘋道：「那手冊在他胸前的衣袋裡，你們把它取出來吧！」

波納溫道：「長官，快還給他，你們扶住他，我來取吧！」

說時眾人抱住了苟及特，波納溫便上前把那本手冊取出，放在桌上，羅蘋上前一手取了手冊，一手裝作拋擲炸彈的樣子，說道：「你們都不是好人，現在請你們嚐嚐炸彈的滋味。」

三人急忙向後退去，亞森・羅蘋一躍而入升降梯，接著梯門關了，升降梯便下去了。

苟及特忙道：「快追，波納溫，你一個人去守那秘密門，我和大塞到升降梯裡去。」

當下他便在書架邊的機鈕一按，升降梯也上來了，苟及特和大塞跳了進去，又關上了門。

苟及特見梯內也有一個機鈕，便隨手一按，哪知道這升降梯直向上面升去，直到八尺以上才停止不動，下面卻有一輛梯子上來，在吸菸室內停了，裡面走出羅蘋來。

這時他已脫去了公爵的衣服，王冠也已另放別處，頭上戴著苟及特的帽子，面貌也裝得和苟及特一樣，他把手裡的炸彈擲在地板上，忽然彈了起來，原來那不是炸彈，卻是一個皮球。

這時便聽見上面苟及特和大塞在梯內衝突起來，便走向窗前，見大門邊停著苟及特的那輛汽車，旁邊站著一個警察，於是走到扶梯頂上，見宛克杜坐在椅子裡，沙妮亞和她正在講話，還有一個警察監視著，羅蘋便裝著苟及特的聲音道：

「來，到這裡來。」

那警察見是偵探長，便急忙走上來，羅蘋同他走到一樓的一間室中問道：

「你有沒有手槍？」

那人答道：「有的。」說時拔出手槍來。

羅蘋接了手槍道：「你用不到這東西。」又拉他到一扇小門前說道：「你在這裡等候，這外面裝著升降梯，你瞧上面不是梯門嗎？梯內便是羅蘋和大塞，他們正在裡面大戰，你且記著，那裝扮成別人的就是亞森・羅蘋，你一見梯子下來，就把他拿住，並且須勇敢些。」

說完便走出房間，暗地裡把門鎖上。

這警察呆呆地聽著梯內格鬥的聲音，羅蘋卻自顧走下樓去，到了客廳裡。

宛克杜站起來道：「苟及特先生，羅蘋在哪裡？」

羅蘋放出自己的聲音來說道：「羅蘋在這裡呢！」

沙妮亞道：「喬裝的真像。」

羅蘋道：「好了，現在夏木拉司公爵已經死了。」

沙妮亞道：「不，亞森・羅蘋已經死了。」

當下二人親了幾個吻，沙妮亞道：「親愛的，你從今後不再有行竊的行為了嗎？」

羅蘋道：「絕不再犯了，現在荷及特被我關在升降梯內，我們卻在這裡快樂，多麼有趣呀！」

這時兩人又親起長吻來。

沙妮亞道：「我們不如逃走了吧！」

羅蘋道：「此後我們不許再有一個逃字，昨夜不是差點把性命都丟了，現在時候已經不早，你們隨我到警署裡去吧！」

說完三人一同走下石級，門邊的警察向他行了個禮，三人相率上車後，飛也似的駛出去了。

這裡升降梯慢慢地降下來，停在起居室門口，機門一開，那警察立即向荷及特撲了上去，大家跌了個四腳朝天。

大塞以為這警察是羅蘋所扮，所以拼命打著那警察，那警察卻把荷及特看作羅蘋，也竭力相打起來。

扭了好久，大家方才明白真相，於是才停了手。

荷及特急急地開門出去，一拉室門，見是鎖著，便走向窗前，向下面一望，見四十碼以外的路上，正有一輛汽車疾駛而去。

他仔細一看，正是自己的車，連忙嚷道：

「糟了，他又偷了我的汽車遠走高飛了。」

請續看《新編亞森・羅蘋》之2 八大懸案

新編亞森・羅蘋 之1 巨盜vs.名探

作者：莫理斯・盧布朗
譯者：丁朝陽
發行人：陳曉林
出版所：風雲時代出版股份有限公司
地址：10576台北市民生東路五段178號7樓之3
電話：(02) 2756-0949
傳真：(02) 2765-3799
執行主編：朱墨菲
美術設計：吳宗潔
行銷企劃：林安莉
業務總監：張瑋鳳

初版日期：2022年11月
版權授權：胡明威
ISBN：978-626-7153-38-3

風雲書網：http://www.eastbooks.com.tw
官方部落格：http://eastbooks.pixnet.net/blog
Facebook：http://www.facebook.com/h7560949
E-mail：h7560949@ms15.hinet.net
劃撥帳號：12043291
戶名：風雲時代出版股份有限公司

風雲發行所：33373桃園市龜山區公西村2鄰復興街304巷96號
電話：(03) 318-1378
傳真：(03) 318-1378
法律顧問：永然法律事務所 李永然律師
北辰著作權事務所 蕭雄淋律師

行政院新聞局局版台業字第3595號 營利事業統一編號22759935

定價：280元

國家圖書館出版品預行編目資料

巨盜vs.名探 / 莫理斯.盧布朗著. -- 臺北市：風雲時代出版股份有限公司, 2022.10
面；　公分. -- (亞森羅蘋經典全集；1)
ISBN 978-626-7153-38-3(平裝)
876.57　　111012794